AF345914

La maison des beaux dormants

Fumi Bigot

I Gallery Editions

Collection Roman

Couverture par Bernard Gast

Les lits somptueux (2014) – 1,01 x 2,09 m (*Peinture avec le cinéma*) © Adagp

Copyright © 2023 I Gallery Editions

Tous droits réservés
ISBN : 9782958564216

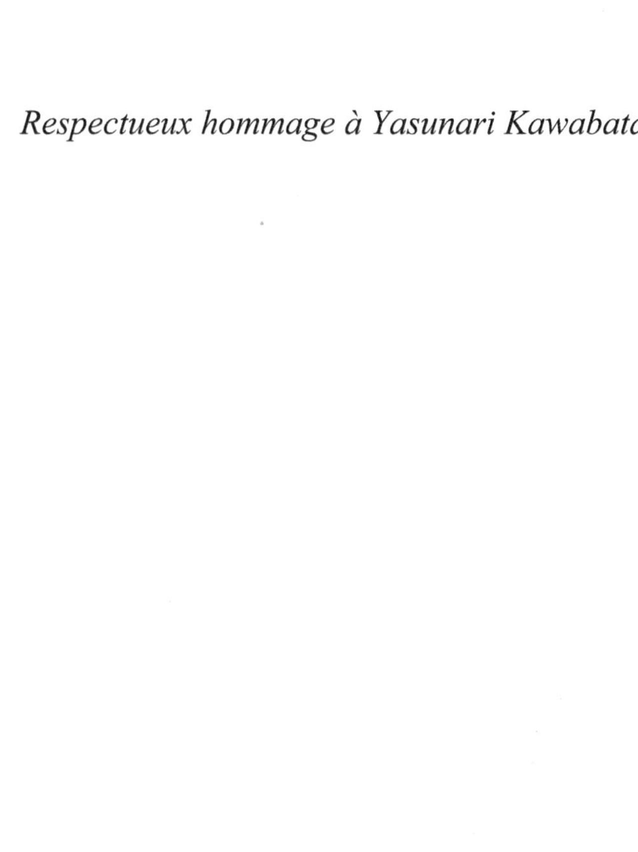

Respectueux hommage à Yasunari Kawabata

La maison des beaux dormants © I Gallery Editions

A y regarder de plus près
les fleurs du vieil arbre
sont plus émouvantes
Combien de printemps
verra-t-il encore ?

Saigyô Hôshi

La maison des beaux dormants © I Gallery Editions

La pièce sans fenêtres était faiblement éclairée. Une minute s'écoula. Des banquettes basses de style oriental s'alignaient le long des murs nus. Des orchidées blanches et mauves se reflétaient dans la laque noire de deux tables basses. Sur un des côtés, une porte, fermée. Une seconde minute s'écoula encore plus lentement. Enfin, la porte par laquelle Mizu était entrée s'ouvrit. Un être d'âge indécis qui marchait avec la souplesse d'une danseuse entra. Il s'assit en face d'elle. Ses yeux rieurs la fixaient comme s'il la connaissait.

_ Bonsoir Madame.

_ Bonsoir.

_ Désirez-vous boire quelque chose ? Du thé, peut-être ?

Il parlait avec une délicatesse mielleuse et un léger accent que Mizu ne sut identifier. Son oreille musicale et ses multiples voyages lui permettaient pourtant de reconnaître une infinité d'accents. Mais l'indétermination sexuelle qu'elle décelait parasitait ses perceptions.

_ Non merci.

_ Vous trouverez tout ce dont vous pourrez avoir besoin dans la Chambre des Dormants. Avez-vous des questions ?

Son embarras grandit. Se pourrait-il que ces dormants ressemblent à cette flottante indécision ? Bien qu'elle le trouvât vraiment sympathique et charmant ce n'est pas le type de corps auprès duquel elle désirait passer la nuit. Ces rondeurs molles… Cette indolence tiède… Cette cléricale onctuosité…

_ La Chambre des Dormants… ça me rappelle une histoire, un conte, *Les Sept Dormants*… Y a-t-il sept dormants dans cette maison ?

_ Je pensais à des questions pratiques…

_ Ce sont des garçons ?

_ Bien sûr, c'est ce que vous avez demandé ! Autre chose ?

Mizu restant muette, l'homme aux manières

mielleuses se leva et se dirigea vers la seconde porte. De sa poche il sortit une clef qu'il engagea délicatement dans la serrure et il ouvrit en s'écartant pour laisser passer Mizu qui entra lentement. Dans la lumière tendre des bougies rayonnait un grand lit à baldaquin dont les voiles de gaze blanche laissaient deviner une forme allongée sous les draps blancs.

_ Bonne nuit, chère Madame… Soyez sage… peut-être… Enfin restez convenable… si je puis dire…

Elle entendit la porte se fermer derrière elle, la laissant dans la nudité de sa situation. Un chandelier à trois branches trônait sur la table de chevet. Deux grands miroirs multipliaient les points de lumière qui faisaient trembler les ombres.

Que venait-elle faire dans cette maison inconnue ? Qu'allait-elle vraiment y trouver ? Que venait-elle y chercher ? Les questions avivées par la gêne ne manquaient pas.

A l'aéroport de Provence où elle avait débarqué quelques heures plus tôt un chauffeur l'avait prise en charge. On ne lui avait fourni aucune adresse. Heureuse de retrouver le Midi, elle se laissa saisir par le charme de l'incertitude malgré les questions qui attendaient. Que suis-je venue faire ici ?

En dépit de son goût pour les surprises, la question la poursuivait depuis qu'elle était montée dans le taxi parisien qui l'avait conduite à Roissy. Mizu n'arrivait pas à s'en libérer tandis que la voiture filait très vite dans la ville encore assoupie dans les traînes d'une grasse matinée.

Les quartiers familiers de Paris, sa ville d'adoption, défilaient derrière les vitres striées de rides de pluie. La radio diffusait une musique de Bartok, un de ses compositeurs préférés, un des quatuors à cordes. Toujours la musique lui ouvrait les portes de la joie à la source de son élan vital, de sa faculté d'aller de l'avant, mais ici, dans ce taxi qui l'emportait vers l'inconnu, la composition de Bartok semblait prendre la tonalité d'un avertissement : sa curiosité pouvait-elle lui jouer des tours ?

En montant dans l'avion et s'installant à sa place le sentiment d'indignité qui colorait sa décision revint envahir son esprit d'une brume sinueuse. Telle un automate elle se laissa traverser par la voix souriante de l'hôtesse. Les passagers étaient des hommes d'affaires. Apprêtés dans les mêmes costumes ternes la plupart déployaient dans un même ensemble les mêmes journaux ; certains s'endormaient déjà. Mizu entendait un léger ronflement juste derrière son siège.

Que suis-je venue faire ici ?

Elle se souvint de sa rencontre avec la femme qui l'avait guidée jusqu'à cette étrange demeure.

La maison des beaux dormants © I Gallery Editions

C'était à Paris. Mizu, qui avait passé sa vie entre son Japon natal et la France, sa seconde patrie, était venue soulager sa tristesse dans cette ville synonyme de liberté, et de liberté amoureuse, en particulier. Les années qui avaient suivi sa rupture avec son compagnon de vingt ans lui semblaient avoir compté double, triple même. Et l'âge, qu'accentuait la solitude - ou bien était-ce la solitude que l'âge accentuait ? - l'âge devenait à ses yeux l'insurmontable obstacle à une de ces rencontres qui ouvre les portes de l'échange exalté des corps et des cœurs.

L'hiver couvrait la ville d'un ciel morne ajoutant une note saturnienne à son sentiment écrasant de la fuite du temps. Un matin, prenant un café à une terrasse de Saint-Germain des Prés, une compatriote l'aborda et engagea la conversation. La cinquantaine, une allure et un parler qui sentaient la province paysanne, directe, nette et rude. Mizu devina qu'elle venait du Tohoku, le grenier du Japon, un terroir célébré pour ses pommes ou ses grosses pêches juteuses qui évoquent des visages d'enfants rieurs aux rondes joues roses.

_ Je suis venue chercher un mari français !

Mizu fut déroutée par cette abrupte confession. Au-dessus d'elles deux palombes se chicanaient sur la branche d'un platane dans un grand vacarme de plumes.

_ J'ai divorcé récemment. Mes enfants sont grands et installés. Et mon mari n'a jamais eu d'imagination.

Mizu était amusée que cette femme un peu rustique, soit venue en France chercher un mari comme d'autres venaient se réapprovisionner en articles de mode des grandes marques françaises. Mais elle savait bien qu'au Japon, passé un certain âge, trouver un second mari était mission impossible.

_ Vraiment ?

_ Oui, vraiment ! Une femme a besoin de certaines attentions… Vous me comprenez ?

Mizu était si étonnée qu'elle ne pouvait rien dire, le regard fixé sur ce visage qui couronnait cocassement l'élégance d'un tailleur Chanel rose. Ce visage qui s'approchait toujours plus du sien pour confesser des pensées intimes d'une voix très assurée.

_ J'ai été une femme modèle, une mère parfaite. Je suis très fière que mes enfants aient intégré les grandes universités. C'est à moi qu'ils le doivent, pas à mon mari.

En disant cela, sa tête se dressait avec la présomption d'un paon assuré de sa qualité.

Mizu ne pouvait être que confondue de cette insouciance naïve et sans vergogne à confier à une inconnue les dessous privés de sa vie.

Elle parvint enfin à poser la question qui se pressait en elle depuis un moment.

_ Oui, bien sûr… Mais pourquoi en France ?

_ Alain Delon… le parfum, la galanterie… les

—

Français ont une réputation… Et ils ne semblent pas aussi obnubilés que les Japonais par les petites culottes des collégiennes !

Elle sourit à la naïveté de ces idées stéréotypées et banales, en particulier sur la France qu'elle se flattait de bien connaître. Mais cette femme affirmait crûment des sentiments qu'elle-même n'osait s'avouer. Mizu était tout à la fois choquée, amusée, attendrie par son interlocutrice qui lui tendait un miroir de sa propre angoisse.

Cette femme si peu sophistiquée ne pouvait supporter l'idée d'un quotidien sans amour. Elle avait eu la révélation de sa jouissance par un amour de jeunesse parti gaspiller ses talents amoureux dans la grande ville de Tokyo. Elle avait ensuite épousé un médecin raisonnable qui lui avait presque fait oublier le tremblement vrai du corps. Elle voulait un homme auprès d'elle, et un Français !

J'ai lu quelque part la citation d'un savant occidental qui disait à peu près ceci : « *Pour arrêter le temps, il suffit d'un baiser sincère. Aimez une fille de tout votre cœur, et embrassez-la sur la bouche : alors, le temps s'arrêtera et l'espace cessera d'exister. »*

À l'orée de la puberté les yeux des jeunes filles brillent de cette lueur naïve qui éclairait son regard en récitant cette phrase, apprise par cœur des années auparavant, qui lui servait encore de viatique spirituel. Pour elle, ce savant était un kami d'Extrême-Occident et méritait qu'on lui consacrât un temple où viendraient prier les âmes qui, écrasées par l'espace et le temps, souhaitent y échapper de temps en temps, le temps d'un baiser.

Mizu écoutait, surtout. Hochant la tête, souriant, comblant un silence d'une confirmation ou d'une interrogation rhétoriques. La femme raconta ses recherches sur les sites de rencontre. Au cours d'une conversation électronique avec un inconnu qu'elle ne rencontra jamais, elle fut orientée vers une proposition étrange : il existait une maison

—

où des personnes d'un certain âge, hommes ou femmes, pouvaient passer la nuit auprès de jeunes gens endormis et qui ne pouvaient être réveillés.

La curiosité de Mizu était suspendue aux lèvres de celle qui lui apparaissait maintenant comme une exploratrice audacieuse. L'aventurière lui révélait une dimension inconnue, cachée, souterraine de la musculature du monde qu'elle croyait connaître. Cette Marco Polo du commerce des épidermes lui confia les détails de cette étrange expérience.

Au fur et à mesure du récit de la baroudeuse, Mizu avait senti monter en elle le désir de cette aventure inouïe.

Oui, la solitude lui pesait bien qu'elle appréciât et savourât tous les charmes de la liberté qui l'accompagne. Les moments de création durant lesquels, parfois, elle oubliait les horloges, la faim et le sommeil, n'étaient plus perturbés par les demandes d'un enfant ou de ces grands enfants que sont les hommes.

Ah ! cette liberté, comment la partager avec un autre ?

Ces autres pouvaient pourtant dispenser des joies aussi grisantes que la création. Des joies où son corps et son âme fusionnaient, liquéfiés par la lave sacrée du plaisir. Les joies de l'union de deux corps séparés… Des joies dont sa main seule ne pouvait qu'aviver douloureusement le souvenir.

Elle n'avait jamais songé sérieusement à payer pour la compagnie d'un homme mais cette étrange maison convoquait tant son imagination par d'autres voies. Elle mourait d'envie de découvrir ce manoir de conte de fées. L'étrangeté est une qualité esthétique qui dépasse les cadres ordinaires de la beauté et de la morale.

—

En Provence, au Printemps

A l'aéroport, un homme portant une affichette à son nom avait mené Mizu jusqu'à une berline dont il ouvrit la porte arrière. Sans questions, il avait conduit souplement la voiture hors de la ville sur des routes de plus en plus étroites jusqu'à devenir des chemins vicinaux qui s'évanouissaient en poussière jaune derrière eux. Mizu se posait toujours autant de questions.

Le soleil provençal qui l'avait accueillie avait tout d'abord dissipé les nuages sombres qui l'accompagnaient depuis Paris. Le mutisme du chauffeur, la repoussant dans l'antre solitaire de son inquiétude, ravivait le feu couvant des questions sans réponse.

La voiture pénétra dans un sous-bois qui laissait deviner au loin un long bâtiment.

La voiture pénétra dans un sous-bois qui laissait deviner au loin un long bâtiment. Platanes, mimosas, pins et cyprès contribuaient à masquer la bâtisse peu élevée. La voiture franchit le portail qui s'était ouvert à leur approche. Elle traversa la cour, carrée, vaste, découpée de hautes haies de buis taillé et s'arrêta le long d'un large escalier.

Le chauffeur la guida jusqu'à la porte qui s'ouvrit sur un homme grand, barbu, vêtu d'un costume sombre. Mizu frissonna. Le carrousel des questions tournait de plus en plus vite dans sa tête mais une pulsion persistait à la faire avancer et elle suivit ce gardien d'elle ne savait quel seuil jusqu'à cette salle d'attente qui aurait pu convenir à un monastère.

Après la remarque quelque peu inconvenante du personnage équivoque qui l'avait reçue ensuite, Mizu resta immobile quelques instants dans la chambre à saisir du regard le dos nu de l'endormi. Un dos parsemé de petites taches blanches qui dessinaient des constellations d'anciennes cicatrices. La lumière ambrée de bougies projetait sur un mur la silhouette de l'endormi faisant apparaître, en ombres chinoises le souvenir de son cheval préféré couché dans la paille odorante. Ce bai cerise au chanfrein marqué d'une étoile avait été l'ami, le frère, l'enfant, pendant de belles années. Ils avaient, ensemble, remporté quelques concours. Leurs corps mariés par le même rythme, la même exultation.

Mizu avait découvert la beauté de la singulière relation qui unit l'humain et le cheval lors d'un voyage en Mongolie. Là-bas, sur les hauts plateaux à mi-chemin entre le ciel et la terre, le cheval est resté un animal sacré, la monture psychopompe qu'il a dû être dès les premières rencontres, aux temps d'avant l'Histoire.

Galoper avec un cheval mongol en éclaboussant d'un vol de libellules les herbes hautes de la steppe fut une révélation venue du fond des âges de l'instinct. Elle, frêle demoiselle venue de l'île aux libellules, menait entre ses jambes impérieuses et tendres une masse de muscles qui pouvait la pulvériser.

Au galop, debout sur les étriers, l'impression de maîtriser une puissance supérieure se teintait de la légèreté du vol des hirondelles glissant sur le vent qui gonflait ses cheveux.

La joie du galop allumait dans la mémoire sacrée de son bassin des prémices de jouissance. Celle qui l'emportait avec l'ardeur d'un cheval sauvage, sans maître, sans cavalier, mais qui ne pouvait s'épanouir pleinement que par la maîtrise d'un cavalier, l'amant qui savait piquer ses flancs de son doux éperon, maintenir la pression de ses rênes jusqu'au moment de les relâcher. Cette jouissance qui faisait d'elle une fontaine de jade en fusion, un brasier qui animait son sexe d'une singulière puissance fauve et docile à la fois et en faisait son âme, un messager entre ce monde et son au-delà. Qui consumait la plus triviale matière en immatériel esprit – en fantôme d'elle-même échappant à la gravité. Lorsque le jeune homme se retourna, elle resta un moment à contempler son visage auréolé d'enfance. Mizu avait eu la chance d'être, tous les soirs, accompagnée par sa mère dans les bras de Morphée. Celle-ci, peut-être aussi pour profiter d'un moment de pure détente, prétextait que Mizu ne pouvait s'endormir sans sa présence. Elle venait s'allonger auprès de sa fille vénérée et lui massait la peau des cuisses et des fesses en lui chantant des berceuses jusqu'à l'emprise du sommeil. Cette réminiscence du paradis perdu réveilla à la fois sa gêne et sa solitude.

C'est au moment de se mettre au lit que Mizu éprouvait les blessures de l'isolement. Quels que soient le confort et la chaleur des draps qui la convoieraient jusqu'aux paysages de ses rêves, elle sentait à ce moment précis le manque de la chaude radiation d'un corps riverain. Ce manque, ce défaut, cette absence excitaient son malaise : une femme âgée venue peupler son désert de la proximité d'une marionnette sans conscience. Face à cette enveloppe dont l'âme s'était évadée, son désir de proximité restait fasciné comme

La maison des beaux dormants © I Gallery Editions

devant un serpent endormi. Elle n'osait pas bouger, son envie de tendre la main vers cette statue de chair restait suspendue face à l'incarnation de cette tentation prête à se réveiller et la punir à la mesure de son impudence.

Incertaine de ses intentions, elle se mit à explorer la chambre. Sur la table de chevet, une carafe d'eau et un verre, de l'encens et un brûle-encens. Dans le tiroir, des pilules blanches dans un tube transparent où était écrit 'Somnifère' en diverses langues.

Une porte donnait accès à une salle de bains et des toilettes. Autour du lavabo, divers savons et flacons, des huiles parfumées... A une patère, une robe de chambre, un kimono ainsi qu'un yukata couleur pêche. Au sol, une paire de sandales.

Mizu se déshabilla et prit une douche. Elle éprouvait le besoin de se laver, de dissoudre l'impureté qui semblait adhérer à sa peau. Elle offrit son corps à l'eau ruisselante tout en respirant en conscience – inspir... expir... - comme elle le faisait lorsqu'elle se lavait les mains et la bouche avant de franchir le seuil des temples shinto. C'était le seul moyen de poursuivre.

Il n'y avait pas de péché. La nature, à qui appartiennent le corps et l'esprit, est innocente – concept humain que la nature ne connaît pas. La conscience et la purification d'un rituel ouvrent les portes de l'unité et dissolvent la coupable culpabilité.

Une fois lavée, devant le miroir, elle se sécha, l'esprit clair, avec des gestes voluptueux de chat.

Elle se parfuma et s'oignit toute entière d'une huile à la citronnelle qu'elle faisait pénétrer avec la douceur d'un amant attentionné. Enfin prête, elle revêtit le kimono indigo aux motifs abstraits qui lui rappela celui que Takasode, dans une scène de *Cinq femmes autour d'Utamaro*, laisse glisser le long de son dos afin que le célèbre peintre y trace son portrait.

Mizu se souvint de la pression du pinceau chargé d'encre noire sur la peau. Un amant, peintre avare de paroles, lui déclarait son amour en l'écrivant sur les différentes provinces de son corps de la caresse encrée des divers pinceaux employés. Des plus petits qui dessinaient les poèmes les plus longs jusqu'aux plus imposants qui frappaient son dos et le faisaient plier, comme sous le choc d'un mérou sous l'eau. Ceux-là ne traçaient qu'un ou deux kanji qui ouvraient son âme ainsi qu'un papillon perce sa chrysalide. Certains textes lui échappaient, placés hors de sa vue directe, à moins de contorsions improbables face à un ou plusieurs miroirs. Le plus souvent, ces textes disparaissaient avant qu'elle ait pu les lire, noyés par la sueur de leurs corps emmêlés dans la fièvre de leurs chevauchées. Une fois, curieusement, il avait voulu écrire après l'amour. Il avait choisi la plus cachée des pages de son corps : sur les parois du sillon des fesses qu'il avait du lui demander de tenir écartées. Il avait chauffé l'encre et la sensation était singulièrement intraduisible. Lui revint le moment où, dans sa douche, elle avait vu couler les filaments d'encre noire le long de ses cuisses et disparaître en tournoyant dans la bonde.

C'était son message d'adieu.

Lorsqu'elle revint dans la chambre, elle fut surprise de son étonnement à la vue de l'endormi. Elle savait bien à quoi s'attendre maintenant mais elle était enfin réconciliée avec elle-même. Dans sa tête résonna la musique de *Devdas*, lorsque les deux femmes amoureuses du même homme dansent ensemble dans un maelstrom de tablas enfiévrés et de saris aux couleurs chaudes. Sensations et pensées caracolaient sur le même char.

Elle s'allongea sur le lit et contempla le visage inconnu. Elle s'approcha pour humer l'air autour. Il sentait le propre. Derrière cette odeur, elle percevait aussi celle légèrement acidulée de jeune sueur. Les joues fraîches étaient légèrement assombries d'une barbe naissante. Sa peau aimait cette sensation de râpe douce. C'était un des sûrs moyens d'accorder sa chair pour le concile d'amour, d'harmoniser les cordes sensibles de l'instrument de son âme.

Un de ses premiers souvenirs de plaisir sensuel remontait à sa petite enfance. Elle devait avoir trois ou quatre ans. Elle s'était intensément éprise d'un des chatons de la dernière portée de la chatte qui régnait dans leur jardin. Elle l'emmenait partout et le petit chat la suivait ayant définitivement adopté Mizu en guise de mère et il la léchait avec entrain. Elle fut surprise par la sensation qui l'envahit la première fois qu'il lui lécha le creux du cou, autour de l'oreille et jusqu'à l'oreille. Cette tendre râpe allumait de ses multiples pointes autant de grains sensibles qui se mettaient à sauter de joie sous sa peau. Et peu à peu, elle avait invité le chaton à explorer de sa minuscule langue magique d'autres recoins de son petit corps émerveillé des paysages qui se découvraient.

Le souvenir du chaton en réveilla un autre, quelques années plus tard. Ses parents l'avaient emmenée dans une ferme d'élevage de vaches en Hokkaido. C'était l'été. Les odeurs fortes des bovins se mêlaient aux parfums des plantes, de la paille, de la chaleur des corps humains et animaux, aux crissements divers des insectes et au chant des oiseaux. Ce mélange grisant de perceptions se combinait dans sa mémoire à la sensation qui ganta les deux doigts qu'elle avait donnés à sucer à un jeune veau qui se mit à les téter croyant retrouver le pis de sa mère. La chaleur mouillée et l'aspiration avide de la bouche du veau fusèrent jusqu'à son ventre soudain gravide d'un soleil d'aurore lourd comme la tête penchée d'un tournesol mûr.

L'innocence enfantine de ces souvenirs refit place à la conscience de l'instant et de la situation. Elle, femme d'âge certain - sa conscience disait : « vieille » - face à ce garçon endormi qui jamais ne la connaîtrait. Elle, au corps encore désirant d'un autre corps, n'avait-elle plus droit à la danse du yin et du yang ? N'avait-elle plus droit qu'à cette satisfaction clandestine, honteuse de quelle faiblesse d'enfant mal élevée ? Elle sentit une chaleur colorer ses joues.

Tournée vers l'endormi, son regard se perdait dans l'infini paysage de peau qui allait du cou jusqu'à l'arrondi du muscle de l'épaule. Son imagination y menait ses doigts prêts à transgresser l'interdiction qu'elle avait cru entendre dans les paroles du gardien au genre vaporeux.

Enfin, elle repoussa la couverture pour admirer le ventre plat et détendu qui gonflait légèrement à chaque inspiration. En haut des cuisses reposait, alangui, le fourreau fripé du sexe. Soudain, elle le vit enfler et se tendre jusqu'à une aimable érection. Elle sourit.

Longtemps, elle avait attribué les érections nocturnes et matinales de son mari à l'amour qu'il lui vouait. Son mari, premier et seul amant jusqu'à leur divorce. C'est une amie qui lui avait révélé, entre autres choses, quelques secrets de la mécanique mâle. Une vague de déception l'avait attristée et, pendant quelque temps, elle avait évité les avances matinales de son conjoint.

Mais elle n'attendait aucune preuve d'amour de ce jeune garçon endormi. C'est du moins ce qu'elle se répétait mentalement en laissant son regard posé sur le buste animé du souffle qui effleurait ses doigts audacieusement posés sur les draps à la hauteur de son nombril. Elle sentit la chaleur gagner ses seins qu'elle pressa de ses mains. Soudain, téméraire, elle se plaqua contre le torse masculin. Ses paupières se baissèrent, ses lèvres exhalèrent un soupir, une vaguelette tiède inonda lentement l'intérieur de sa poitrine, sa gorge, son masque, son crâne, puis redescendit le long de sa nuque étendant jusqu'au sacrum des filaments d'or fondu.

Cherchant la jeune bouche de ses lèvres, elle fut surprise de sentir la langue du jeune homme s'animer au point de se reculer croyant qu'il s'était réveillé.

Mais non : c'était la garantie absolue de l'étrange entremetteur. C'était la première fois qu'un homme endormi répondait à son baiser alors qu'elle avait fait plusieurs fois, en toute espièglerie, l'expérience d'embrasser la bouche d'un amant ensommeillé. Celui-ci restait le plus souvent inerte ou bien se retournait pour échapper à cette intrusion, ou même, quelquefois, d'un geste de la main chassait cet insecte importun en crachant des mots désarticulés. Retrouvant la facétie enfin satisfaite de sa jeunesse, elle mordilla, lécha, suça les lèvres qui répondaient à sa faim. De ses doigts fins et pointus elle pinça la lippe charnue, fit le tour de l'intérieur des lèvres qui humectèrent ses doigts de salive, la pulpe de ses doigts savourant cette bouche redevenue enfantine en tétant.

—

Lorsqu'elle allaitait son bébé, son mari aimait prélever sa part du lait maternel. Son goût lui rappelant celui du lait concentré sucré dont il épuisait des tubes entiers d'un seul coup. Il y avait si longtemps qu'elle n'avait pas songé à ces moments où tous les trois partageaient ces plaisirs élémentaires. Il y avait si longtemps que ses seins n'avaient été source de joie partagée.

Était-ce un signe de sénilité ? Cette complaisance à ses souvenirs d'enfance… était-ce l'âge qui la ramenait inexorablement vers le néant de l'origine, vers la nuit de l'inconscience finale ! Le signe de la fin ?

La couleur des fleurs
a fini par s'altérer
sous les longues pluies
cependant qu'au fil du temps
vainement je me morfonds

Ono no Komachi

De son doigt humide elle titilla son sein droit. Une vague de tristesse la fit se retirer de la chaleur du jeune homme et fermer les yeux. Elle se mit à craindre que les souvenirs ne la tourmentent trop. Son cœur lui sembla pesant comme si la carcasse d'un bœuf y avait été pendue.

Elle sauta du lit courut à la salle de bains où elle s'aspergea le visage. Elle avait peur qu'un flot de souvenirs ne l'aigrisse et ne fasse d'elle un fantôme incapable de quitter le séjour humain. Elle prit deux cachets dans le tube de somnifères et les avala d'un coup.

Son réveil, brusque, lui donna l'impression d'être propulsée hors d'un trou noir d'inexistence, d'un puits glacé qui aurait figé le temps et l'espace, annihilant jusqu'à la possibilité de rêver. Elle se demanda quel était ce somnifère qu'elle avait pris. Son inquiétude se porta vers l'endormi. Le lit était vide.

Son cœur était vide. Espace blanc chiffonné, atone, sans parfum...

—

Elle se pencha pour chercher l'odeur du garçon. Elle persistait dans les plis du drap blanc et la convainquit que cette nuit n'était pas un rêve. Elle resta longtemps à flotter sur les traces de cet arôme fragile qui finit par disparaître.

Dans la salle d'attente le protée indécis qui l'avait reçue était à l'affût avec son sourire de Joconde. Il la mena dans un salon dont les fenêtres donnaient sur la cour. Le soleil était haut et raccourcissait les ombres.

_ Quelle heure est-il ? J'ai dormi longtemps ?

_ Oui. Thé ou café ?

_ Café, s'il vous plaît…

Mizu se sentit déroutée par ce retour à la norme du quotidien.

_ La nuit a été selon vos souhaits ?

_ Quel est le somnifère que j'ai pris ? Qu'est devenu le garçon ?

Les questions avaient changé de nature mais se pressaient aussi nombreuses.

_ Souhaitez-vous revenir ?

Mizu était encore trop déstabilisée. Elle ne savait que répondre, ni même penser ; son cerveau était sec. Elle but une longue gorgée de café et regarda par la fenêtre. La lumière semblait vouloir éteindre tout mouvement. La terre était écrasée, paralysée, figée. Les oiseaux avaient renoncé à voler. Cet hybris de lumière glaçait l'espace jusqu'à son for intérieur.

_ Je comprends… Il y a une sorte de sas de décompression à franchir. Cela dépend des gens.

Il lui tendit une carte de visite.

_ Prenez votre temps. La voiture est à votre disposition. Elle vous ramènera.

_ À l'aéroport ?

_ Ou ailleurs, comme vous voulez.

Dans la voiture, elle se décida au dernier moment pour l'aéroport.

Paris, entre hiver et printemps

Paris, toujours aussi gris, ne paraissait pas prêt à endosser les habits du printemps qui s'épanouissait déjà dans le Midi mais qu'elle avait à peine éprouvé, déroutée par l'expérience déconcertante qu'elle avait entamée.

Elle rêva plusieurs fois du jeune homme endormi. Des rêves plus intenses de réalité que ses journées qui passaient en songes indécis. Une semaine s'écoula ainsi, sa conscience et sa présence au réel englouties par une *immatière* noire qui épongeait ses énergies mentales en effaçant la consistance du quotidien.

Elle ne trouvait pas la simple énergie de contacter le « manoir des dormants » qui semblait, telle l'intermittence régulière d'un rayon de phare dans le brouillard gris, une réponse à son état. Elle se rappela à temps un rendez-vous avec sa vieille amie, Claire.

Elles se retrouvèrent dans un café de Saint-

Germain que Mizu reconnut tout de suite à son entrée. Un flot de mémoire la submergea. L'espace n'avait pas changé, ni l'acoustique. C'était une certaine réverbération des sons de verrerie qui semblait avoir fait office de « *madeleine* ». Les miroirs, toujours les mêmes, lui renvoyèrent soudain l'image de la jeune fille de 25 ans qu'elle était lors de sa première venue.

Cette première entrée, digne d'une 'vedette', comme on disait alors, avait attiré tous les regards.

Hommes et femmes semblaient médusés par cette apparition exotique. Même les Germanopratins des années 70 n'étaient pas encore accoutumés aux visiteurs japonais et au réveil de cette influence grandissante. Mizu était jeune, belle, élégante. Sa mini-jupe et ses cuissardes à talons aiguille, ses longs cheveux noirs, son visage rayonnant de jeunesse, sa démarche de guépard souriant emplissaient l'espace d'une présence bien plus imposante que sa petite taille. Elle ne s'était jamais sentie être le centre d'une attraction aussi franchement érotique. C'était si contraire aux manières du Japon où la présence physique des individus était parfois moins reconnue que celle des fantômes. Mais si agréable, cette sensation de personnifier la séduction par son corps même… Sentir qu'un petit soleil situé entre le plexus et l'estomac irradiait, jusqu'à ses articulations, l'évidence et la congruence des mouvements d'une méduse ou d'un poulpe.

Mais le souvenir se figea en cristaux de cruauté lorsque son image présente reparut dans les miroirs. Pourquoi le temps doit-il inscrire ses griffes sur nos corps précaires ?

Heureusement, Claire serait en retard. Mizu aurait le temps de se ressaisir et de déglutir la boule de tristesse logée dans sa gorge et menaçant de noyer ses yeux. Lorsque Claire arriva – en retard – Mizu arborait son sourire parfaitement nippon.

Elle avait toujours aimé la franchise de cette femme libre qui l'avait aidée à comprendre les coulisses de la société française. Elle aimait parler avec elle et partager leurs histoires de femmes.

Malgré son embarras Mizu finit par évoquer son aventure en la prêtant à quelqu'un d'autre. Claire fut tout de suite captivée par cette histoire et devina bientôt qui en était la véritable héroïne. Tout en respectant la pudeur de son amie, elle pressa Mizu de questions dont elle savait déguiser l'indiscrétion.

_ Ton amie est retournée dans cette maison de pain d'épices ?

_ Non, elle se demande si cela serait raisonnable.

_ Raisonnable ?... Hmmm... Si elle se pose la question, c'est qu'elle en a envie, non ?

_ Je crois... mais elle n'est pas très sûre de ce qu'elle veut ; c'est tellement insolite, on pourrait dire louche, non ?

_ Moi, je trouve ça original ! Ça ressemble à un roman japonais. Tanizaki aurait pu écrire quelque chose comme ça… non, c'est Kawabata !

_ Oui, c'est vrai, mais ce ne sont pas des Japonais qui tiennent cette maison. C'est peut-être mieux. Moins embarrassant… pour elle, je veux dire.

_ Bien sûr, je comprends. Moi, franchement, je n'hésiterais pas. Tu sais, j'aime bien l'insolite. Et le renversement des rôles est loin de me déplaire !

Mizu reprit contact avec le Manoir en souhaitant secrètement le même garçon. En exprimant son vœu elle se rendit bien compte qu'elle jouait avec le feu. Si son compagnon de sommeil était un autre, elle serait affranchie de tout lien. Elle serait une cliente, une consommatrice, pour certains une perverse. Uniquement possédée de l'obtention d'un plaisir purement physique bien qu'il s'y mêlât le doux vinaigre des souvenirs. Plaisir physique proche de celui qu'elle éprouvait à déguster un plat raffiné. En France, et au Japon, elle ne manquait pas d'occasions de cet ordre. Mais ce qui se passe entre deux corps humains dépasse fortement la satisfaction gastronomique. Bien que certains consomment le sexe comme un sandwich ou même des ortolans, Éros peut être un guide vers le séjour des dieux lorsqu'il se conjugue au présent d'amour.

Le trouble de Mizu était violent mais la tenait loin de se sentir amoureuse de ce garçon qui peuplait maintenant ses nuits solitaires. Elle sentait pourtant que la répétition d'une nouvelle nuit auprès de l'Endormi risquait de réveiller ce désir du lien qui paraissait impossible.

Son cœur se mit à battre d'une autre pulsation jusqu'à son arrivée au Manoir trois semaines plus tard. Le maître de cérémonie n'avait pas changé. Mizu avait du mal à parler.

_ Bienvenue Madame. Voulez-vous vous détendre un peu ?

_ Bonsoir. Je voudrais bien un peu de thé.

_ Vert ?

_ Oui, volontiers.

Elle dégusta le thé avec méthode et se calma.

Lorsqu'elle entra dans la chambre elle fut assommée par une fatigue. La cadence qu'avait battue son cœur se faisait soudain sentir. Habitée par le souhait qu'elle avait fait elle ne s'aperçut pas immédiatement que ce n'était pas le même garçon. En le découvrant, son cœur se divisa : triste de ne pas être exaucée et soulagée d'éviter la tentation du lien. Elle sentait bien que le fil rouge des sentiments ne pouvait que l'exposer à la souffrance qui leur est attachée. Résolue, elle s'allongea, sans le toucher, le long du corps endormi qu'elle ne connaissait pas.

Il faisait chaud et le garçon tenait dans sa main le drap qu'il avait repoussé jusqu'au bas de son ventre. Le geste de la Vénus de Botticelli drapant négligemment de ses cheveux son intimité… Vénus et Adonis…

Des images de Grèce inondée de soleil se levèrent sur le plafond vide. Au temps de sa jeunesse, en Europe, elle y avait suivi un beau prince italien qui voulait peaufiner son bronzage et se révéla un Narcisse creux et superficiel. Sa beauté lisse finit par s'évaporer sur les plages crétoises et Mizu se prit à rêver du « *Prince aux lys* » ou des acrobates du palais de Minos. C'est en le visitant qu'elle fit la rencontre de Béatrice. De retour à l'hôtel, elles passèrent la soirée à bavarder jusque tard dans la nuit chaude sous le regard des constellations.

La Française, à la peau brunie, n'était plus jeune

mais son regard brillait d'une ardeur fougueuse et elle gardait, grâce à l'élégance de ses gestes, une séduction de reine. Son style mettait en valeur, sous ce climat voué aux dieux solaires, ses bras qui ne s'étaient pas encore amollis et, surtout, ses longues jambes et cuisses qui auraient obsédé Phidias. Elle avait, pour les croiser et les décroiser, la plasticité d'une salamandre. Cette femme, que la jeune Mizu ne pouvait qu'admirer et envier, lui confia assez vite les revers de cette brillante médaille.

_ Vous êtes jeune, belle, attirante comme un fruit délicat. Votre visage, vos yeux, votre peau clament, proclament la Jeunesse, cette divinité qui insuffle à vos mouvements la puissance d'un marbre vivant surgi de l'écume.

L'air qui les baignait était encore chaud des caresses diurnes du soleil. Accroché sur un mur proche, un gecko prêtait autant d'attention à leur conversation qu'au vol des insectes. La lumière des guirlandes qui éclairait la terrasse, sculptée par quelque metteur en scène amoureux de ses actrices, découpait sur un mur clair leurs silhouettes alanguies.

_ Votre peau me fait penser à l'or que les humains chérissent tant, l'or si sensible à la chaleur. Vous aimez le soleil ? Elle ne laissa pas Mizu répondre. Oui, le soleil vous aime.

Les hommes qui passaient ne manquaient pas de jeter des coups d'œil, timides ou provocants, vers ces deux femmes incarnant deux superbes âges de la Beauté. Même les enfants, dans la course de leurs jeux sonores, restaient, à leur vue, un instant suspendus, comme leurs cris, avant de reprendre le sérieux de leurs amusements dont les échos résonnaient mollement dans la tiédeur du soir.

_ Oui, je détourne encore le regard des hommes mais je sens le changement. Ils ne sont plus éblouis par une aura de fée mais flairent l'expérience de la maturité. Et les plus jeunes ne sont menés que par l'inconsciente nostalgie de l'ombilic.

La lumière qui brillait dans son regard passant en mode mineur dévoila quelque indice de son âge. Mizu n'osait pas poser de question directe. Elle comprenait bien les mots mais avait du mal à imaginer que ce temps lui adviendrait aussi.

_ Vous verrez, quand vous aurez atteint mon âge, le regard que les hommes, et les femmes, portent sur vous ne brilleront plus de cette amoureuse convoitise qu'éveillent les songes d'Olympie.

Mizu se souvenait bien de cette soirée et des sentiments mêlés d'une forme d'incrédulité qui l'avaient accompagnée jusqu'au petit matin. Aux premiers rayons roses de l'aurore, elle avait couru jusqu'à la mer et plongé dans la tiède matrice pour se laver de l'amertume de Béatrice.

Elle comprenait très bien, désormais, et depuis quelques années, ce que sa jeune insouciance ne pouvait entendre. Ayant dépassé l'âge qu'avait alors Béatrice, elle avait vu les regards changer, et se raréfier, au cours du décroît de son avenir. Les longues perspectives d'éternité s'étaient peu à peu rétrécies, englouties par un brouillard chuchotant de chaque pas qu'il pouvait être le dernier. L'horizon évanoui dans la brume se limitait au présent de chacun de ces pas. C'est sur ce rideau gris qu'apparaissaient les ombres des fantômes rappelés par sa mémoire.

Le beau dormant, en se retournant avec un soupir, la tira de ses souvenirs. Le cadeau que continuait à lui faire la vie était ici, dans la matière compacte du présent. Quelle qu'ait été la gloire du passé, c'est la présence de ce corps pesant de gravité qui ancrait Mizu dans la sensation chaude de vivre. Elle pouvait glisser son corps et ses membres le long de ce corps et de ces membres autres et sentir fleurir le miel entre leurs deux épidermes. Les brumes de la nostalgie s'évaporaient à cette radiance.

Contre la vitre, de brefs éclatements espacés, puis sur un rythme de plus en plus rapide, lui dirent l'arrivée de la pluie. La fraîcheur qu'elle imagina au-dehors la serra plus fortement contre la tiédeur du dormant. Fondre son âme à cette tiédeur. La réalité physique de cette tiédeur. Il n'y avait plus que ça, de toute éternité.

Elle mit de l'encens à brûler. La fumée montant vers le ciel accompagne les prières, les souhaits, les vœux que font les humains pour atteindre l'harmonie que peignent les fleurs et les poèmes. Elle ferma les yeux tout en respirant les parfums de l'encens et du garçon qui s'épousaient délicatement.

Quel est cet encens qui l'enivre ? Qui la tient entre veille et rêve ? Soudain un antique poème revint à sa conscience embrumée :

> *Qu'en ce bas monde*
> *nulle chose n'est durable*
> *certes je le sais*
> *mais le froid du vent d'automne*
> *m'en a fait ressouvenir*

Ôtomo no Sukuné Yakamochi

La maison des beaux dormants © I Gallery Editions

Elle se regardait dans le miroir de la salle de bains sans aucun souvenir de ce qui l'avait amenée là. Dans sa mémoire flottait la musique des mots anciens. Dans ses narines flottait encore l'ombre du parfum qui semblait l'avoir étourdie. Elle plongea plusieurs fois son visage dans la coupe de ses mains remplies d'eau fraîche dont elle lapait quelques goulées au passage. Elle aurait aimé étancher sa soif à la bouche du dormeur. De retour auprès de lui, elle lui chatouilla l'oreille espérant obscurément pouvoir le réveiller. Mais en vain.

Encore déconcertée par ce qui lui semblait une perte de conscience et toujours traversée par le sentiment d'inconvenance qui nimbait sa quête, elle ne savait que penser ou comment faire face à l'agitation de ses émotions. Elle essaya de se soustraire à ce tourbillon en contemplant le visage paisible du dormeur. Incapable de trouver cette paix, elle lui tourna le dos qu'elle plaqua contre ce buste muet, essayant de calquer sa respiration de méditant. Ce calme provoquant ne fit qu'accentuer son envie de fuir, de disparaître, de se fondre dans le noir chaos serein du sommeil. Elle repensa au somnifère toujours disponible. Après quelques hésitations elle avala deux pilules et se recala contre le jeune corps s'en revêtant comme d'une tunique de Nessus. L'anesthésie l'avala avant qu'elle ne ressente la moindre brûlure. Au réveil, comme la première fois, elle se sentit vide, vase délaissé, sans son bouquet de rêves. Le garçon dormait. Elle sauta du lit et alla se doucher.

Paris

De retour chez elle, Mizu retrouva les obsessions, les songes, les rêveries. Ces nuées de chimères s'engouffraient en elle par tous les pores de sa peau tourmentée. Son monde intérieur n'avait jamais été aussi tumultueux. Ses pensées, ses sentiments, ses frustrations manœuvraient, voraces piranhas sur la carcasse de son âme.

Elle chercha refuge auprès de Claire toujours lucide et riche de conseils inventifs et joyeux qui sauraient délivrer sa vitalité de cet enlacement reptilien de l'obsession. Claire trouverait les mots qui dégourdiraient les cavales endormies de son goût pour la joie.

Une fois que Mizu eût vaincu sa gêne à confesser son état Claire jugea d'emblée qu'il fallait faire quelque chose. À son intelligence pratique et sa capacité d'action s'ajoutait une forte imagination. Pour sauver son amie de sa dépression – elle ne l'avait jamais vue ainsi – elle lui prodigua les conseils qui lui permettraient de reprendre en main le cours de sa vie présente. Ceux-ci, dans un premier temps, la firent sourire puis rire aux éclats et Mizu retrouva l'énergie de regarder son désir en face. Une décision se faisait jour en elle ravivant son feu.

Elle reprit contact avec le gardien des dormants et précisa qu'elle tenait à retrouver le garçon de la première nuit. L'énergie retrouvée lui confirma qu'elle saurait se garder de l'emprise du fil rouge des passions. L'âge, au moins, lui avait offert parmi ses sévices une sagesse certaine.

Lorsque Mizu franchit pour la troisième fois le portail de l'étrange maison son cœur battait une joyeuse chamade. L'air de Mendelssohn qui accompagne Marlène Dietrich, la jeune *Impératrice rouge,* lorsqu'elle descend les marches de son palais baroque dans un tourbillon de mousseline et la joie de retrouver le Comte Alexei. Un air de joie d'épaule nue couleur d'ambre et de miel.

En entrant dans la chambre du dormant, Mizu revécut ses instants d'enfance quand elle courait s'isoler dans un coin du jardin avec son chaton à la langue magique. Son rire d'enfant qu'elle percevait encore jusque dans son plexus éclata soudain, bulle de savon percée par le doigt d'un petit trouble-fête.

Le garçon lui tournait le dos, un dos vierge de cicatrices. Ce n'était pas celui dont elle rêvait mais elle ne put s'empêcher de le retourner. La beauté de son visage d'ange oriental ne la consola pas. L'espoir que son amie avait ranimé sembla soudain perdre consistance. Sans savoir si elles venaient de la colère ou de la déception, elle sentit des larmes venir au jour.

Dans l'autre pièce il n'y avait plus personne. Décontenancée, elle s'agita erratiquement pendant quelques secondes avant de se rappeler la sonnette que lui avait montrée le gardien lors de sa première venue. Il arriva très vite.

_ Quelque chose ne va pas ?

_ Ce n'est pas le garçon que j'ai demandé ?

_ Il n'était pas disponible. Quelle importance ? Vous n'aimez pas la variété ?

Choquée, désemparée, Mizu se laissa tomber sur le premier siège à portée. Elle ne trouvait pas la bonne attitude vis-à-vis d'elle-même et de Cerbère aux dents molles, cette vigie de satin, ce dragon de porcelaine… Elle n'arrivait pas à qualifier cet individu indéterminé tout comme elle n'arrivait pas à définir la position qui lui permettrait de sauver son rêve. ...

_ Je... Je n'y tiens pas...

_ Nous ne sommes pas une agence matrimoniale.
J'ai peut-être fait une erreur, en fait, ce n'est pas
notre habitude.

_ Écoutez, je suis gênée, je vais rentrer.

_ C'est la première fois qu'on me dit ça. Vous êtes
curieux, vous autres Japonais.

Mizu convoqua son courage et dépassa sa honte.

_Quand le garçon sera-t-il disponible ?

_ Je ne sais pas. Je vous préviendrai.

Il sortit, lui accordant à peine un coup d'œil
condescendant.

De retour en ville, elle prit une chambre d'hôtel,
décidée à y attendre dans la ferveur l'opportunité
qu'elle espérait. Elle n'attendit pas si longtemps.
Cinq jours plus tard, elle franchît la porte de son
oasis. Orphée retrouvait Eurydice, La Tisserande
retrouvait le Bouvier.

Mizu s'assit à la tête du lit, tournée vers le
dormeur en chien de fusil dont les paupières

tressautaient. S'adressant au rêveur comme à un enfant en mal de contes, Mizu se mit à lui raconter l'histoire de l'amour contrarié entre la Tisserande, Orihime, fille de l'Empereur Céleste, et le Bouvier, Hikoboshi, un mortel attaché à la Terre.

_ Écoute, beau dormeur, la triste et merveilleuse histoire d'un amour éternel et impossible. Orihime était la plus jeune des sept filles du Seigneur du Ciel. Son habileté à tisser les fils colorés des nuages l'avait fait surnommer la Tisserande. C'est elle qui, à l'aurore et au crépuscule, compose les partitions nuageuses où se marient ses couleurs favorites : rouges, roses, orangés, jaunes, pourpres, et bien d'autres encore… toutes celles que les humains ne savent pas nommer. Pour je ne sais quelle raison, l'ennui, la curiosité ou pour quelque raison céleste qui m'échappe, Orihime et ses sœurs décidèrent d'aller sur la Terre afin de s'y baigner. Elles trouvèrent un lac isolé, éloigné des humains décidèrent d'aller sur la Terre afin de s'y baigner.

car le Seigneur leur père n'appréciait pas du tout le comportement absurdement désordonné des hommes. Elles déposèrent leurs vêtements sur la rive bordée de bambous et plongèrent leurs corps de nymphes dans une eau limpide et fraîche que ne connaît pas le Ciel.

Mizu se rapprocha du dormeur et poursuivit son récit, à voix plus basse, ses lèvres au plus près de l'oreille.

_ Par le hasard qui fait les contes et les miracles, un jeune homme solitaire et malmené par la Fortune, Hikoboshi, menait son unique bœuf vers ce même las. Certains disent, qu'en fait, c'est le bœuf qui menait le Bouvier. Lorsque le jeune homme aperçut les baigneuses, il se cacha derrière son bœuf qui ne risquait pas de les effrayer. Bientôt, il fit fasciné par la plus jeune. Sur les conseils de son bœuf qui parlait la langue des hommes, il subtilisa les vêtements de la Tisserande. Lorsque les sœurs d'Orihime sortirent du lac et s'envolèrent rejoindre leur palais d'azur elles ne prêtèrent pas attention à celle qui ne pouvait songer retrouver ses proches sans habits. Alors, Hikoboshi sortit de sa cachette et, avec souplesse et fermeté, entreprit de convaincre la naïade de l'épouser. Orihime, d'abord craintive, puis émue de la beauté du jeune homme, consentit. Et l'amour qu'ils partagèrent sans limite sur les rives moussues du lac grandît encore et encore. Il grandissait au point que le Bouvier négligeait son bœuf et les travaux des champs et la Tisserande ne tissait plus. Son père, qui n'avait pas apprécié que sa fille se dévoie avec un mortel, se mit dans une violente colère et décida de couper les ponts entre le Ciel et la Terre. Il exila Orihime sur l'étoile Vega et Hikoboshi sur l'étoile Altaïr. Et pour être sûr qu'ils ne puissent se rejoindre, il érigea une barrière infranchissable, la Voie Lactée. Plus tard, le père de la Tisserande, devant la douleur de sa fille autorisa que le Bouvier la rejoigne une nuit par an, la septième nuit du septième mois, lorsque les deux étoiles sont au plus proche l'une de l'autre. Des pies s'assemblent ce soir-là pour former une passerelle qui permet à Hikoboshi de franchir le dernier abîme qui le sépare d'Orihime. Et depuis des siècles, les Japonais célèbrent Tanabata, la fête des étoiles séparées durant laquelle beaucoup d'entre eux écrivent des vœux de toutes sortes sur des bandes étroites de papier qu'ils accrochent ensuite sur des tiges de bambou. Celles-ci sont alors livrées à l'eau des rivières ou au feu afin de parvenir aux deux amants qui sauront exaucer les vœux exprimés.

Pouvait-elle échapper à la malédiction qui façonnait ces mythes ? De quel droit les humains croient-ils pouvoir narguer les puissances fatales ? Mizu aurait aimé pouvoir se rendre à ce petit temple au cœur de la forêt de bambous à l'ouest de Kyoto, protecteur des unions humaines.

Elle quitta le lit où le visage du dormeur

s'éclairait d'un sourire d'enfant dans le berceau de ses rêves. Elle s'apprêta avec toute la solennité d'une novice avant sa retraite ou d'un samourai avant son premier combat. Elle se coula entre les draps comme au sein d'une fleur géante avec la ferme intention de se garder de tout contact avec l'endormi. Et son intention se maintint tout au long de la nuit à la manière de l'épée de Lancelot réfrénant son corps aimant.

Elle ne dormit pas. L'intensité de cette veillée purifiante la préparait rituellement à sa dernière nuit de noces. Sur le dos, les yeux fermés, respirant au rythme du dormeur, les mains détendues posées l'une sur le plexus, l'autre sur le nombril.

Le temps ayant perdu son ancre, la détente infiltra son corps et son esprit et l'entraîna dans des rêves antédiluviens. Des poussières d'étoiles venues du fond des âges réveillaient les épopées de leurs incarnations. L'âme de Mizu se coula dans des songes de baleines et de sauriens, dans les pensées labyrinthiques d'araignées et de rhizomes de bambous, dans les désirs de milans et d'amanites, dans les pulsions dévorantes de coraux et de mantes religieuses. Une crampe la cristallisa un moment dans une torpeur d'opale. Une foule de modalités d'être défila sans ordre dans les méandres de ses cerveaux bienveillants. Cette plongée abyssale exorcisa les harpies qui souillaient son cœur et y fit naître l'intuition que son esprit possédait d'étranges pouvoirs. Les forces telluriques qui secouent le Japon depuis des siècles suscitent des dons chamaniques que les habitants de ce pays retrouvent parfois. Ceux que les premières impératrices du Yamato semblent avoir possédés. Un poète de ces temps anciens a dit la poésie capable de *remuer le ciel et la terre* et de *bouleverser les esprits invisibles*.

Entendant le pépiement des merles elle comprit que le jour se levait et, persuadée qu'il faisait beau derrière les murs, elle s'élança hors du lit.

La blancheur de cette nuit l'avait décrassée de ses

doutes et de sa honte. Se laver était un rituel de clôture indispensable pour lui rendre sa peau d'innocence et la virginité de son cœur.

Lorsqu'elle revint dans la chambre, le lit était vide. Elle essaya d'imaginer les coulisses de ce théâtre qui permettaient d'escamoter un être humain aussi facilement qu'une colombe dans un chapeau claque. Quelle machinerie, quelles chausse-trappes se dissimulaient derrière ces décors d'illusion ? Quels envoûteurs aussi indécelables que Puck ou Ariel s'activaient dans ce manoir de fable ? Ces questions avaient perdu leur pouvoir de mystère et n'étaient plus qu'accessoires. Le temps était venu de construire des réponses.

La première chose était de s'attirer les bonnes grâces du gardien. L'argent semblait le moyen le plus simple et le plus efficace. Mizu n'arrivait pas à imaginer ce qui pourrait séduire cet être qu'elle avait du mal à classer. Son dictionnaire comprenait fantômes, esprits, kami et autres entités bien connues des mondes qui hantent le cosmos japonais mais s'il leur arrivait de passer d'un sexe à d'autres, ils se présentaient, à un instant donné, sous une forme identifiée. Pour le moment, elle ne parvenait pas à discerner celles que pouvait assumer ce gardien des dormants.

Son commerce était agréable, le plus souvent. Mais, désormais, elle avait un but précis.

_ Vous êtes satisfaite ?

_ Oui, très. Je tiens à vous remercier de votre bienveillance.

Aujourd'hui, il s'agissait de persuader cette sentinelle d'éventuellement agir à l'encontre de son ministère. Elle posa deux enveloppes sur la table.

_ ?

_ Je tiens à vous remercier personnellement. Je vous en prie.

Mizu apprécia la fixité du regard où défilait tout un chapelet de suppositions et d'hypothèses.

_ J'aimerais retrouver la même chambre demain

soir, avec le même dormeur... Vous pensez que c'est réalisable ?

Son regard neutre ne la quittait pas et comblait le silence qui s'insinuait jusque dans ses veines.

_ Bien sûr, chère Madame. Que ne ferais-je pas pour vous ?

Elle sourit le plus conventionnellement possible pour éviter de montrer un trop grand soulagement. Elle le salua à la japonaise et sortit. Dans la voiture qui la ramenait en ville elle conserva sa retenue s'abstenant même de s'abandonner au moindre soupir.

Dans sa chambre d'hôtel elle se laissa tomber sur le lit, un essaim de petits papillons jaunes voltigeant joyeusement sous ses paupières. Elle laissa la joie remplir chacune de ses respirations. Comme la mer use chacune de ses vagues pour désagréger le roc en sable, cette joie faisait de chacune de ses bouffées d'air souriant un joyeux bélier à l'assaut des châteaux de sable de ses doutes. La joie, ce soleil de l'âme, éclairait

—

progressivement les coins d'ombre du futur.

Ici, sur la Côte d'Azur, l'été, porté par les vents du Sud depuis les déserts d'Afrique, avait englouti le printemps. Et la chaleur expansive qui s'installait gainait ses articulations d'aise et d'allant. Tout son corps l'invitait à se promener le long des plages encore paisibles, à laisser les lèvres écumeuses des vagues lécher ses pieds, à respirer l'air parfumé de la chaleur des dunes, à se laisser caresser par le vent tiède. Ses pieds nus, s'enfonçant dans le sable mouillé que découvraient puis recouvraient les vagues infatigables, la maintenaient au centre de son être et du monde. Ses pensées zigzaguaient du passé au présent toujours changeant, puis au phénix de l'avenir qui ne se trouve que dans ses cendres.

Elle aimait la présence de la mer et côtoyer ses rives.

Elle repensa – mais cette pensée l'avait-elle jamais quittée ? - à ce jeune homme qui envahissait tout le présent de sa vie. Chaque jour, chaque instant, était le premier et le dernier. Ce garçon était-il une illusion ? La réalité de cette illusion avait bien des charmes. Elle attendait l'annonce de sa prochaine visite avec délectation.

Elle reçut l'appel du « manoir » dans la soirée, plongée dans la lecture de *Tristesse et beauté* de Kawabata. Le dormeur serait disponible dans

trois jours. Le délai ne l'inquiétait pas. Le poète Rumi dit : « *L'attente est pareille à des ailes. Plus les ailes sont fortes, plus le vol est long.* » Elle savait laisser au Temps le temps de prendre son temps. Il travaille en alchimiste, bouilleur de cru, expert en macération et en distillation. Trois jours lui permettraient une subtile élaboration.

Elle aurait aimé converser avec Kawabata des sentiments qui coulaient en elle telle la rivière, toujours changeante dans le même lit. Elle aurait aimé entendre les images et les scènes que ce manoir lui aurait suggérées. Elle n'était pas sûre de trouver les mots appropriés. Elle avait aussi songé à Proust capable d'autopsier la sentimentalité d'une mante religieuse. Mais, à son âme japonaise, il paraissait trop clinique, trop froid, trop précis. Vraiment, seul celui qui avait si bien su transcrire l'essence du Japon aurait su manier la langue des fleurs et des insectes en poète, et non en scientifique. Seule la pudeur de la poésie japonaise permet de faire surgir dans le silence du cœur ce que les mots humains trahissent. C'était de cette poésie qu'elle voulait abreuver son voyage sur des sentes inconnues.

Hors des ténèbres,
Dans un sentier obscur,
Il me faut maintenant m'engager ;
Veille sur moi de loin,
Lune de la frange des montagnes

Izumi Shikibu

La maison des beaux dormants © I Gallery Editions

Le même chauffeur, ponctuel et muet, l'attendait à la sortie de l'hôtel. Son cœur se voulait serein. Lorsqu'elle pénétra dans la chambre elle reconnut tout de suite le dos du dormeur. Elle resta un moment, souriant, à contempler les ombres qui, tremblant, animaient le corps détendu. Puis, elle se rendit dans la salle de bain pour son rituel de purification.

Elle imaginait, au-dehors, la lumière du couchant inonder de nuances orange et rose la grande cour carrée du « manoir ». Elle songeait à la déesse du soleil, Amaterasu, qui, outrée du comportement grossier de son frère, le dieu de l'orage, s'était cloîtrée dans une grotte, privant l'univers des dieux (les hommes n'avaient pas encore été créés) de sa vitale et glorieuse lueur. Entrer dans la torpeur du sommeil revenait à plonger le monde dans l'obscur du néant jusqu'au réveil… quand il venait.

—

Prête pour cette nouvelle traversée, elle s'allongea le long du corps dormant. Celui-ci gisait sur le dos. Mizu posa sa main droite dans le creux du coude où palpitait lentement l'artère. Le rythme de ce pouls sous la pulpe de ses doigts semblait parler directement à son cœur et lui instiller la douce puissance de la jeunesse.

Cette nuit fut calme, exempte d'inquiétude et Mizu s'endormit sans somnifère.

Au matin, elle retrouva l'indéfectible vigie à qui, sans commentaire, elle laissa de nouveau deux enveloppes empochées tout aussi sobrement. Mizu reprit rendez-vous à trois jours de là. Et cette prochaine fois, elle ferait sa demande.

Lorsque Mizu revint au manoir, elle fut conduite dans une autre pièce où le berger des dormants l'attendait. Elle fut surprise de cette nouveauté mais y lut un signe favorable à ses vœux. La pièce, plus vaste que la salle d'attente austère qui lui était devenue si familière, était inondée de la lumière dorée du soir que filtraient les persiennes de deux hautes fenêtres.

_ Bonsoir, chère amie !

_ Bonsoir…

Le silence et leurs sourires glissaient langoureusement sur les rayons de soleil qui striaient l'espace.

_ J'ai le sentiment que vous allez me demander quelque chose… dit-il en remplissant deux tasses de thé vert. C'est un *gyokuro,* un thé d'ombre…

Elle apprécia l'intention et le goût du breuvage proche de celui qu'elle rapportait de Kyoto et qui lui procurait immanquablement la sensation rassurante de se retrouver à la maison. Elle se demanda si ce manoir énigmatique pouvait devenir une demeure.

_ Je vous suis très reconnaissante d'avoir comblé mon attente.

_ Vous ne parlez pas du thé ?

_ Non… mais il est excellent, il a le goût tendre-amer du lien qui m'attache à mon pays.

—

Les particules révélées par la lumière papillonnaient dans l'ambre du silence.

_ Effectivement, je souhaite une autre faveur de vous. C'est très délicat…

_ N'ayez aucune crainte : je suis comme un prêtre catholique, soumis au secret de la confession, dit-il avec son sourire de sphinx.

_ Je souhaiterais connaître ce garçon, plonger dans ce regard que ses paupières et son sommeil me voilent.

_ …

_ Pourriez-vous faire en sorte qu'il puisse être un compagnon de quelques jours ? Un compagnon éveillé…

_ Comme vous le dites, c'est très délicat…

Mizu inspira les effluves du thé et suspendit le flot de pensées qui aspiraient à la submerger.

_ Vous êtes tombée amoureuse ?

_ Non, à mon âge, on ne tombe plus dans les rets de l'illusion.

La maison des beaux dormants © I Gallery Editions

_ C'est ce que disent, et pensent, beaucoup d'humains avant quelque folie.

_ Je suis Japonaise, je sais tenir.

_ Oui, c'est vrai, les gens de votre pays sont maîtres en retenue, mais quand ils se lâchent, c'est totalement !

Ses yeux ne lâchaient pas le visage impassible de Mizu.

_ Si vous le voulez bien, nous en reparlerons demain matin.

Mizu ne changea rien à son rituel et s'allongea auprès du dormeur dont le visage clos lui faisait face. Elle laissa courir les images que ses rêves et ses souvenirs brassaient, entrelaçant les fils du temps et de l'espace sur la trame du vide. Elle eut soudain l'envie de composer un *tanzaku* qu'elle dédierait à la malheureuse Tisserande et à son amant, le Bouvier. Elle portait toujours avec elle de quoi dessiner. Elle découpa une étroite bande de papier et y dessina une longue tige de bambou où étaient perchées deux pies sur le point de s'envoler et écrivit dans l'espace vacant :

Les pies sauront-elles bâtir le pont qui va du sommeil au soleil ?

Mizu s'endormit sans somnifère en comptant les oiseaux que peintres et poètes ont célébrés de leurs pinceaux. Pies, corneilles, hirondelles, grues, canards, rossignols, coucous, moineaux, milans, faucons, aigrettes, hérons… et même le phénix, défilaient au gré du rouleau de soie déroulé sur le fond de ses paupières closes. Ses rêves, aux couleurs des estampes, la menèrent à tire-d'aile aux royaumes aériens où, libérée de la gravité, elle comprenait la langue des oiseaux.

Elle se réveilla alors que le phénix lui livrait le secret qu'elle convoitait mais qui s'échappa dans le retour de sa conscience ignorante de la langue aviaire. Elle se pelotonna dans la tiédeur du corps endormi et la semi-conscience. Les yeux clos, elle tentait de voir avec son dos le dormeur derrière elle.

Le matin s'annonçait, les traits du soleil perçant les nuages de ses gloires. Ses pensées cotonneuses virevoltaient de vœux adressés à la déesse japonaise du soleil, Amaterasu, Grande-Auguste-Kami-Illuminant-du-Ciel, à des fables contées par Sheherazade, capable, mille et une nuits durant, de retenir par sa parole la cruauté d'un homme aveuglé par l'orgueil. Elle laissait la force de ces figures féminines infuser en elle à l'image de la Rosée précieuse des feuilles d'un thé d'ombre. Lorsqu'elle se leva pour ses ablutions du matin, elle se sentit parée pour son entrevue avec le nébuleux veilleur.

_ Bonjour Madame, le soleil vous trouve-t-il aussi radieuse que lui ce matin ?

Mizu fut interloquée par ce ton qu'elle n'arrivait pas à situer entre lyrisme et ironie. Ce personnage, qu'elle tenait à garder dans le rayon de son estime, arrivait toujours à la prendre à contre-pied.

—

_ Bonjour… oui, vous savez, le soleil est un peu ma cousine.

_ Oh, très joli… mais on dit mon cousin !

_ Au Japon, le soleil est figuré par une très belle femme.

_ Je ne savais pas, pardonnez-moi.

_ Je vous en prie…

Comme souvent, le silence emplit le vide qui les espaçait. Il fut le premier à le rompre.

_ J'ai beaucoup pensé à votre demande.

_ …

_ Je dois vous dire que ça ne fait pas partie des habitudes de la maison.

_…

_ Je dois également vous informer que ce garçon est assez singulier. Toute sa famille et la population de son village ont été massacrés. Lorsqu'il a été recueilli, il ne parlait pas. Il semblait avoir 8 ou 9 ans. Il parle toujours très peu. J'ai bien peur qu'il soit un peu… simple.

_ Vous avez peur pour lui ?

La maison des beaux dormants © I Gallery Editions

_ C'est un être à part et j'éprouve une sympathie certaine pour ceux qui ont du mal à s'insérer dans les cases et les catégories établies. C'est ce qui rend votre demande problématique à mes yeux.

_ Je comprends…

Mizu restait sur ses gardes, évitant de se dévoiler. Attendant que l'autre s'engage.

_ Ce serait possible en respectant certaines conditions…

_ Oui…

_ …non négociables. Pas plus d'une semaine, non renouvelable, en un lieu choisi par la direction.

Sept jours. Mizu pensa : c'est plus que la seule nuit de Tanabata. Non renouvelable : c'est moins que l'éternel retour de cette nuit offerte aux exaucés des Célestes.

_ À quel endroit cela peut-il se faire ? Quand ?

_ Vous acceptez ces conditions ?

_ Oui !

_ Bien. La décision n'est pas encore prise. Je vous préviendrai, quelle qu'elle soit.

Mizu ferma les yeux en savourant longuement la gorgée de thé dont la chaleur et les arômes s'alanguissaient en cascade retenue au profond de son thorax. Le thé, à l'instar du riz ou du sake, cristallisait en elle de multiples facettes de son âme. Sa puissance, voilée de douce discrétion, ne s'offrait qu'aux sens attentifs

_ Ce thé vous plaît-il ? Je l'ai choisi spécialement pour vous.

_ Je vous remercie, il est excellent.

Par les grandes fenêtres ouvertes sur la cour, Mizu apercevait la course de gros nuages houspillés par le mistral. Leurs rondeurs opulentes, pétries par le souffle céleste, se métamorphosaient en dragons, chimères et autres monstres emportés par l'orgie tourbillonnante des formes fabuleuses de l'illusion. Ce bal de fantômes éphémères, accompagnant le bouquet feutré et nébuleux du thé, entretenait son penchant à célébrer les joies fugaces et périssables de la condition humaine.

_ Le vent souffle fort ! On dirait un potier versatile… dit-elle en riant.

_ Le vent souffle où il veut ! Et, précieusement, il rit aussi.

Lorsqu'elle sortit rejoindre le chauffeur qui l'attendait, elle eut le souffle un instant coupé par une chaude bourrasque qui l'enveloppa des chevilles à la nuque d'une brusque caresse. Elle sentit ses reins se creuser légèrement et sa nuque ployer doucement comme la tige du lotus sous le poids de sa fleur encore close. Son regard se posa sur la poussière teintant ses chaussures et elle sourit. Elle les secoua avant de s'asseoir à l'arrière de la voiture et elle sourit.

Le lendemain, elle fut invitée à passer au manoir pour établir les modalités de ce qu'elle trouvait difficile à qualifier. Échange, transaction, aventure, intrigue, contrat, convention, accord, conspiration… Le langage technique de l'adaptation au réel ressemble à la boue qui nourrit la fleur du lotus. Sa nécessaire existence permet de l'accepter, à sa place, sans s'y vautrer.

Les esprits qu'elle avait sollicités semblaient répondre à ses vœux. Elle laissa s'évanouir les pensées et les contes qui préviennent les humains de mesurer leurs souhaits car ceux-ci peuvent se réaliser. Elle se laissa porter par l'idée qu'elle verrait bientôt les yeux du dormeur. Elle avait déjà imaginé ses yeux. Du noir d'une nuit sans lune. Du noir de l'encre que couche le poète sur le blanc du papier. Le réel serait-il aussi lyrique ?

 Qui vivra verra lui souffla sa sagesse.

_ Un peu de thé ?

_ C'est le même que la dernière fois ?

_ Oui, vous aviez semblé l'apprécier.

_ Oh, merci infiniment de votre sollicitude.

La théière ancienne, en fonte, les bols en céramique raku, tout indiquait la prévenance en œuvre et Mizu en fut sincèrement émue.

_ Au Japon, les amateurs de thé disent : « *Un thé, une rencontre.* »

_ Les Touareg disent : « *Le premier thé est amer comme la vie, le second est fort comme l'amour et le troisième est doux comme la mort.* » Je ne suis pas Touareg, mais moi aussi j'aime beaucoup le thé. Tous ceux qui l'apprécient le qualifient de breuvage venu des cieux.

Il versa le thé dans les deux coupes. Ils portèrent leur coupe à leurs lèvres d'un même geste miroir. Mizu attendit avec patience et passion qu'il rompe, à sa manière délicate, le silence.

_ Je vous fais languir… La décision prise est de vous accorder six jours et sept nuits. Dans une autre maison où nous vous mènerons. Mais, je vous avertis, ceci ne se produira qu'une fois. Vous devez me promettre que vous n'insisterez pas.

_ Je promets…

Émue et blessée, Mizu sourit. Elle obtenait ce qu'elle avait demandé tout en apprenant que ce qu'elle recevait lui serait immanquablement arraché aussitôt. Le temps d'une floraison de cerisier… Certaines plantes ne fleurissent qu'une fois avant de mourir. Le porte-parole de sa fortune lui versa une autre coupe de thé.

L'été épuisait ses dernières bouffées de chaleur. Les cigales ne chantaient plus. Mizu sentit l'air pénétré des premiers parfums de l'automne.

_ Dans deux jours, le chauffeur vous conduira dans une maison où vous retrouverez le dormeur tel que vous le connaissez, endormi. Au matin, il se réveillera mais il ne sait rien de vous ou de sa vie nocturne. Pendant ces quelques jours vous serez libre, mais il vous est interdit d'évoquer avec lui cette part dérobée de ses journées. Vous me le promettez ? Vous comprenez ? Je vous l'ai dit, c'est un être fragile. Une âme simple. Il a longtemps été préservé de vrai contact avec la réalité du monde.

La maison des beaux dormants © I Gallery Editions

_ Je promets.

Une part de Mizu s'éveillait avec la prudence d'un serpent et des hésitations de fourmi. Une nébulosité tiède, un parfum d'encens flottait entre ses tempes et suscitait un timide vertige qui l'attirait inéluctablement. Il ne s'agissait plus que de trouver le moment de ce plongeon qu'elle redoutait, préparait, retardait voluptueusement.

_ Encore une tasse ? fit la voix lointaine et doucereuse, interrompant sa mélodie intérieure.

_ Oui, bien sûr… répondit-elle en souriant.

_ Encore une chose à respecter absolument : le dernier soir, vous lui offrirez de ce thé-ci.

Il tendit à Mizu une petite boîte cylindrique laquée de noir.

_ Si vous en prenez, sachez qu'il procure un long et profond sommeil. Dans ce cas, faites-nous savoir si vous désirez être réveillée. Sinon, vous ne reviendrez à la conscience que plus de 24 heures plus tard. Encore une fois, promettez-moi de lui servir ce thé.

_ Je promets. Et elle but sa tasse d'un seul trait doux, fort et amer.

Ailleurs, sur la planète

Explosion. Flammes. Image et son enregistrés à tout jamais dans son âme d'enfant.

Un village parsemé de ruines au milieu du désert, des explosions régulières semant les marchés de cadavres au milieu des légumes et des fruits pulvérisés.

Sa bouche vidant son sac de cris. Survivre… Endurer pour vivre. Vivre, tenir, rien que ça. Endurer, endurer toujours… Entre les explosions, des visages déformés par peur, pleurs et douleurs. Hommes, femmes, enfants, bébés, vieillards. Leurs corps sanglants, certains gémissant encore. Tout un chaos de mort.

Soldats enjambant des corps écrasés par les auto-mitrailleuses parmi des nuées de poussière. Cris, pleurs faisant du rire une forme de vie d'une autre planète. Là-bas peut-être, des gens heureux pouvaient rire. Aucune échappatoire. Malheureux ? Pas de réponse.

Une nuit parmi d'autres nuits. Expulsé du sommeil.

—

Ses oreilles oppressées par l'haleine épaisse d'un dragon. Sa poitrine comprimée sous le poids de sacs de riz tombés sur lui. Non. Pas des sacs de riz. Des corps tièdes d'enfants. Sur sa joue et ses lèvres ouvertes un sirop au goût de fer. Son corps tout entier se contracte et pousse vers le haut la grappe de petits corps qui se disloque. Dans la lueur des flammes de l'incendie qui progresse, les visages déformés de ses frères et sœurs. Comme lui, nés dans cette pièce où leur mère n'a plus paru depuis des jours. Sans elle, le monde est devenu enfer. Il connaît le mot. Celui qu'invectivait le fou qui arpentait les rues du village. Il comprend maintenant. L'enfer c'est le monde sans mère.

Une autre explosion. Tout près. Le silence soudain dans le vide entre ses oreilles. Son cri même aspiré par le souffle. Sur son dos, des araignées de feu mordent sa chair embrasée par sa chemise.

Plus aucun mouvement sauf celui de la danse du feu. Mais aussi, à travers le brouillard de ses oreilles, des couinements. Des rats effrayés par les flammes

La maison des beaux dormants © | Gallery Editions

courant dans tous les sens. Sur les petits corps figés. Sur son corps secoué jusqu'à la chute dans le puits noir. Après plus rien. Sa mémoire refuse. Chaque nuit, butée sur les nuées noires du néant.

Ignorant quand, comment, pourquoi, le destin le mène, lui et des compagnons de son âge, de terres étranges en villes inconnues. Sans raison, sans fin et sans douleur. Dans un maintenant qu'aucune main ne vient ouvrir. Aucune main pour indiquer l'horizon. Sans mémoire.

Semaines, mois, années. Le temps coule toujours semblable dans chacun de ses milliards d'instants. Goutte après goutte, ses souvenirs gommés. Il n'y a plus qu'une douleur ardente lorsqu'il tente de rejoindre ces lieux anciens dont il ne connaît plus que la promesse de souffrance.

Depuis, des lieux nouveaux, inconnus déroulent leurs paysages muets. Il accepte de vivre sans lien dans une bulle de silence. Là, dans le voisinage d'enfants et d'hommes aux manières rudes. Parler avec eux est difficile. Parfois impossible. Ils n'ont pas toujours la difficile. Parfois impossible. Il entend l'harmonie ou la dissonance dans les voix. Et ils finissent toujours par disparaître. Remplacés par d'autres. Puis, sans cause apparente, un nouveau paysage autour de nouvelles maisons. Les premiers temps, des villes blanches oppressées de soleil. L'air chaud immobilise les corps suant, impose le silence, vaporise le temps. Plus tard, des villes grises où des tours de métal et de verre engloutissent des ombres d'hommes.

Les changements se poursuivent : semaines, mois, années. Une seule chose se maintient. Son nom. Articulé par une voix de femme. Depuis la chute dans le noir, les voix autour de lui sont masculines. Cette voix murmure son nom : Antar, seule racine qui le préserve de la dissolution dans le flux. D'elle, une histoire, son histoire se bâtit sur le terreau de l'incertitude. Des nuages précaires défilent dans les couleurs changeantes du ciel. Une araignée attend immobile sur une toile tremblante. Un chat rampe à pas comptés dans l'herbe haute. La pluie tombe et fait des bulles sur les flaques. D'autres images visitent ses rêves agitant son sommeil.

Encore une fois, une nouvelle ville de métal et de verre. Mais, cette fois, seul. Pas de compagnons de son âge. Depuis longtemps, il ne se pose pas de questions. Il accepte le flot qui le porte. Ici, dans cette grande pièce. Un lit, une table, une chaise, des étagères, vides.

Par la grande fenêtre, un panorama de ciel immense au-dessus des toits loin en dessous. Des silhouettes parfois s'y déplacent. Des oiseaux sillonnent le fond du ciel. La nuit, les lumières de la ville éclipsent les étoiles. Le spectacle de la fenêtre le comble de paix. Toujours différent dans le même cadre qui le maintient loin de lui-même. Hors d'atteinte. Même la foudre et le tonnerre de l'orage ne peuvent le heurter. Sauf la fois où la foudre et le tonnerre ont frappé ensemble l'immeuble soudain secoué. Ses genoux lâchent et il tombe. De longues minutes s'écoulent. Blottis contre le mur sous la fenêtre, éclairé par les éclairs, tremblant aux répliques du tonnerre peu à peu lointain. Blanche cette nuit-là. Il s'endort aux premiers signes de l'aube.

—

Des hommes à l'étage en dessous. Ils viennent régulièrement le faire travailler à démonter et remonter d'étranges mécanismes dont les pièces s'accumulent sur les étagères. Antar aime faire travailler ses mains. Avec précision. Il apprend à manier toutes sortes d'outils. Chaque outil pour une seule fonction. Les outils ont un sens. Ils produisent des résultats. Il aime apprendre. Son cerveau s'occupe. Son cerveau et ses mains. Le cerveau guide les mains, les mains guident le cerveau. Ses yeux, ses oreilles, son nez s'activent, participent à saisir le réel dans ses allées et venues entre l'extérieur et l'intérieur.

Les hommes lui apprennent aussi à faire travailler son corps qu'il sent changer. Des sensations nouvelles germent dans son corps. Il découvre sur la surface lisse d'un miroir un jeune homme qu'il ne reconnaît pas tout de suite. Plusieurs minutes se passent avant qu'il accepte son image. Son temps se partage entre la mécanique des objets et la mécanique de son corps. Les actes physiques, inscrits dans le temps : début, durée, fin, peuplent son espace, accaparent son énergie

La maison des beaux dormants © I Gallery Editions

mentale dans des routines sans questionnement. Sans curiosité.

Même les conciliabules à l'étage inférieur lui sont indifférents. Une sorte de musique morne qui tapisse ses journées. Des langues diverses qu'il ne comprend pas. Parler lui semble inutile, vide et froid. Une fois pourtant, des éclats de voix brutaux ont ponctué, plusieurs jours de suite, le monotone ronronnement habituel venu du dessous. La violence, les tonalités rauques et gutturales et la tension semblent monter les marches jusqu'à son monde. Dans un premier temps, cet orage lui coupe les jambes encore une fois. Il ferme les yeux. Pose ses mains sur ses oreilles. Il se lève et marche vers la fenêtre pleine d'un ciel clair où de gros nuages blancs et tranquilles avancent imperceptiblement. Sa respiration s'apaise. Ses mains se détendent. Il amorce les pas d'une gymnastique lente qu'il calque sur la marche des nuages. La violence des voix s'éloigne absorbée par le coton blanc où ses yeux se noient.

—

Le calme revenu, il retrouve ses outils et reprend ses travaux en cours. La précision l'oblige à la concentration et garde les voix au loin. Il peut même, parfois, s'interrompre et suivre les échanges encore violents qui montent jusqu'à lui. Sans peur maintenant, sans émotion, il identifie quatre protagonistes et le déroulement de la lutte : quatre nuages de couleurs différentes qui s'enroulent les uns sur les autres sans pouvoir s'éliminer définitivement.

Il accepte ce qui vient. Sans question, sans pourquoi. Son instinct de jeune animal le guide sur le chemin qui est le sien. Tracé par le destin. Ce qu'il ne comprend pas il l'oublie. Son corps archive les étrangetés. La sensation bizarre de certains réveils. Des réveils dans des lieux inconnus. Il ne sert de rien de questionner ce qui le dépasse.

Dans le miroir, l'image de son corps change peu à peu. Des poils apparaissent. Il apprend à raser ceux qui noircissent une part de son visage. Cette nouvelle routine l'oblige à regarder son reflet chaque jour.

Quelque voix intérieure lui recommande de ne pas ressembler aux hommes de l'étage du dessous. Nombre d'entre eux portent une barbe noire. Secrètement, il se sent maître d'une seule part de sa vie : son visage. Parfois, en scrutant cette image, il semble que son visage l'appelle vers une sorte de brouillard. Mais, seule la douleur semble répondre. Et il esquive dans quelque gymnastique ces tentations de démons.

Lorsqu'il retrouve la présence de son corps il peut se plonger dans le travail. Aucune hésitation : ses gestes minutieux absorbent tout son esprit enfin comblé d'une sorte de joie. Sa concentration si entière qu'il perçoit comme sur un écran artificiel les personnes qui viennent parfois dans ce qu'elles nomment son atelier.

Une fois par semaine, une femme et une jeune fille viennent faire le ménage. Elles portent toutes deux un foulard et une longue robe. Elles parlent une langue qu'il ne comprend pas. Leur présence s'accompagne d'une odeur différente : un parfum de propre et parfois de fleur qui aère le volume de la pièce. Un jour, sans rien dire, elles laissent un vase avec une fleur, une rose à peine éclose. Pendant des jours, c'est la seule chose qui, de temps en temps, peut le distraire. La fleur s'épanouit. Il cherche en vain à saisir le mouvement de ses pétales rose pâle qui libèrent un parfum délicat. Au fil des jours, la rose se déploie à la lumière de la grande baie. La deuxième semaine, la jeune fille change l'eau du vase et dit quelques mots qui la font sourire. Son sourire s'accorde à la rose.

Étrangement, la présence de la rose continue de se répandre dans l'espace de la pièce et dans son esprit. Trop ? La rose devient une question impénétrable, suspendue à son parfum qui décline. Le bord des pétales brunit. Certains tombent. Il ne touche à rien mais cette vision maintenant l'irrite. Lorsque la jeune fille revient avec une nouvelle fleur il cherche à échapper à la sensation qui le trouble. Après son départ, il se précipite sur la minutie de son travail mais ses mains tremblent. Alors il trouve dans l'exercice du corps le chemin d'apaisement.

Après quelques jours, la rose est plus radieuse que jamais. Il n'est plus distrait mais un infime sourire s'insinue sur ses lèvres. Malgré son extrême concentration sur un geste difficile il sent une présence dans son dos. Sur la vitre de la fenêtre il devine la silhouette de la jeune fille derrière lui. Ce n'est pas le jour du ménage. Elle enlève son foulard et le pose sur l'épaule de Antar qui ne bouge pas, les yeux fixés sur le reflet vaporeux. Il n'ose pas, se retournant, quitter la silhouette nuageuse et translucide qui se fond aux nuées du ciel. Il n'ose pas quitter des yeux les yeux qui le fixent. Mais il se lève et s'approche de la fenêtre. Il pose sa paume sur la fragilité de sa vision. Sans comprendre d'où lui vient ce geste, il suit du bout des doigts la ligne floue de la chevelure que la jeune fille délivre du nœud de son chignon. Dans le reflet, la silhouette grandit et prend corps au contact de deux épaules, à l'effleurement de deux hanches. Elle lève le bras et suit d'un doigt le contour du visage du garçon sur le verre. Il se tourne en même temps qu'elle et leurs regards se touchent.

—

Brillants, fiévreux, leurs regards échangent ce que l'un et l'autre ignorent encore. Elle, toute offrande et dignité. Lui, saisi par la beauté et une douce fièvre. Elle monte, la fièvre. Comment un sourire peut-il détruire la mécanique minutieuse de ses jours ? Ce corps si proche, si frêle, si différent, si désirable recèle un pouvoir qui le paralyse. Pourtant sa main d'homme se lève, écartant la fascination, et se pose sur la joue, son poignet frôlé par la longue chevelure jais. Et ce parfum... ce parfum le suffoque. Rougit son front, ses oreilles. Ses mains à elle encadrent le visage pétri de silence et l'enfouissent, haletant, dans la noirceur aux effluves entêtants de sa chevelure et de sa peau mêlés. L'arôme le pénètre jusqu'au ventre et ses genoux, qui cèdent. Leurs deux corps liés s'affaissent de pair.

Ce parfum perce le mur de sa mémoire. Elle sent une larme se blottir au creux de son épaule. Il pleure. En silence. Les mâchoires serrées. Le torse cahotant qu'elle enserre de ses bras soignant. Longtemps ils s'accrochent l'un à l'autre avant de s'extraire de leur accablement.

La maison des beaux dormants © I Gallery Editions

L'un l'autre, leurs mains se fouillent, se palpent, se hument. L'un l'autre, leurs lèvres articulent le silence de leur candeur et boivent la ferveur de leur haleine. Leur envoûtement maintient loin de lui les monstres tapis dans ses souvenirs. Chaque attouchement, chaque frôlement, chaque caresse : une flèche, une lance, un sabre. Les dragons de sa mémoire percés à jour s'évaporent aux émois de sa peau. L'exultation libère ses gestes et la tornade d'amour tentée de naître.

Muets par manque de mots communs, soupirs, halètements, ronronnements, plaintes, sanglots, gémissements, roucoulements, hoquets, rires, chuchotements, murmures inventent la syntaxe luxuriante d'une langue écrite sur le vierge vélin de leur enveloppe. Leurs encres : salive et sueur. Leurs calames : doigts et lèvres.

Elle connaît sa douleur. Il sent son attente. Leurs corps résolus sont mûrs à l'accueil de leur désir. Leurs vêtements tombent : mue de serpents ou de platanes. Elle rêve peut-être d'avenir. Il oublie jusqu'au mot même de 'passé'. Ils se font présent l'un à l'autre. Corps, âme, esprit : indémêlable nuage. Carte et territoire de leurs corps ne font qu'un. Chemins et pèlerins. Mains et souffles. Lèvres et frissons. En elle, l'évidence de l'éclosion. En lui, la vague venue des profondeurs. Nul besoin des mots. Leur chair se fait verbe. Caresses et baisers, musique.

Ils jouissent de l'infini chemin vers le foyer de la jouissance. Par la fenêtre ouverte une brise tiède pénètre et vient lécher la sueur de leurs peaux nues.

La jeune fille revient. Plusieurs fois. Régulièrement. L'attente crée le temps. Leurs rencontres leur font calendrier. Le temps compte. Ils échangent leurs noms et parlent un créole tout à eux. Ils ne cherchent pas le savoir mais le chant qui s'accorde à leur danse.

Sans demande, sans exigence, ils accueillent leurs joies au gré de la peine du temps. Elle semble de plus en plus resplendir. Parfois, au plus haut d'une extase un rire cristallin d'innocence la saisit et le transporte en un royaume perdu. Il ne cherche pas à comprendre et plonge voracement dans ces eaux d'embaumement.

Il lui arrive de pleurer. Des larmes naissent et coulent, délicates, à la tiédeur de ce corps qui se blottit en lui. Il ne questionne pas ce bonheur aussi puissant et fragile qu'un rêve. Il le goûte, il le boit, s'en émerveillant à peine. Pain et miel il la nomme. Joie est l'air du monde qu'ils respirent.

Côte à côte, ils regardent ensemble le défilé des nuages dans l'écran de la fenêtre. Ils parlent en leur créole comme vague et nuage. Elle dit : « demain sera le jour de gloire ». Il dit sans fin qu'il veut la boire. Ils parlent de palais de Cerdagne. Elle dit : « je veux te coiffer de lauriers ». Il dit : « je veux défricher mes sentiers. » Ils parlent de rêves et de montagnes. Elle dit : « lève en moi l'orchidée de ma joie ». Il dit : « joue mon chant sur ta langue de soie ». Leur musique enlace en des anneaux de miel les îles du bonheur. Au paradis perdu, les roses d'Ispahan ont enivré leurs cœurs.

Une dernière image le hante. Après leur dernière petite mort, son visage au-dessus de lui ; ses yeux bruns ouverts grand comme si elle cherche à l'absorber définitivement en elle. Elle abandonne son regard et explore de sa bouche de rose les sentiers buissonniers de sa nudité. La basse continue des arômes de sa peau duveteuse se marie aux tons graves de volupté de sa voix mêlant râles et chuchotements.

Puis, un nouveau dépaysement dissout le paradis perdu. Un nouveau lieu baigné de soleil. De nouvelles têtes d'hommes rudes. Un nouveau désert sans horizon, préservé du temps.

La maison des beaux dormants © I Gallery Editions

En Provence, l'été

Mizu ne se posait plus de questions dans la voiture conduite par le chauffeur mutique. Le soir teintait peu à peu l'eau du ciel clair de saphir en améthyste. Le firmament était de lapis-lazuli lorsque la berline s'arrêta devant une maison moderne sur le perron de laquelle brillait une lanterne. En sortant dans l'air tiède, Mizu regarda autour d'elle mais ne vit aucune autre lumière dans les parages. Les silhouettes ténébreuses de grands arbres ceinturant le jardin se percevaient encore sur le fond sombre du ciel où avaient commencé d'apparaître, à la suite de Vénus, les premières étoiles.

En refermant derrière elle la porte de la maison, elle entendit décroître le bruit du moteur de la voiture sur le chemin qui l'avait menée à cette thébaïde tant désirée. Trois sources de lumière éclairaient un salon spacieux au luxe banal des revues de décoration internationale. Devant une grande cheminée où brûlaient de longues bûches de chêne deux canapés se faisaient face de part et d'autre d'une table basse. Sur un plancher ancien de grands tapis épais. Des fauteuils en cuir. Une chaise longue le long d'une baie vitrée donnant sur une terrasse de bois où des marches conduisent vers un jardin plongé dans l'obscurité. Mizu posa son sac sur un des canapés et se pelotonna dans l'autre, au plus près du foyer. De là, elle pouvait voir, de l'autre côté de cette longue pièce, une cuisine ouverte, une table et quatre chaises. Entourant ses genoux de ses bras, elle se laissa captiver par la danse des flammes. Elle avait repéré, face à la porte, le couloir qui devait mener à des chambres mais préférait retarder encore un peu le moment de l'emprunter. Les flammes oscillaient, danseurs de tango changeant de trajectoire et revenant sur leurs pas, caressant de leur brûlante ferveur les bûches rougissantes. Sur ses mains enserrant ses genoux Mizu percevait le rayonnement de la chaleur un peu plus ardent que sur son visage. Une autre fièvre commençait à irradier secrètement en elle.

Malgré une sorte d'engourdissement, elle se leva et se dirigea vers les chambres.

Elle ouvrit une première porte avec lenteur et découvrit sur un grand lit le dormeur qui lui offrait la vision de son dos dans la clarté diffuse d'une lanterne de papier. Elle ne put retenir un léger soupir de soulagement, le relâchement involontaire de son plexus. Détendue, Mizu reconnaissait le tendre relief velouté de la musculature qui avait réveillé des souvenirs et des sensations qu'elle avait crus noyés parmi les brumes de son passé.

Le même dos, dans la même position. Aussi nettement qu'un visage, un dos parle. Des images du dos de Siegfried dans les *Nibelungen* de Fritz Lang surgirent, aussi nettes que sur l'écran de la petite salle où elle avait vu ce film.

Dans la forêt, aux arbres aussi droits que les cryptomères de son pays, Siegfried imprégnait tout son corps du sang noir du dragon vaincu afin d'acquérir la magique invulnérabilité. Mais, sans qu'il le perçoive, une feuille de tilleul, adhérant à son épaule, marquait le seul point vulnérable de ce large dos pâle et prédisait sa mort. Le dos du dormeur était moins large et du teint mat des orients mystérieux. Malgré ses jeunes muscles, il disait la fragilité de la force nue qui peut si aisément être détournée.

Peut-être parce que le film de Lang est muet, Mizu se demanda quelle serait la voix du jeune homme qui se réveillerait le lendemain matin. Plus subtilement que le regard la voix reflète une âme. Ce soir, elle était toute confiance et laissa voguer sa mémoire sur les ondes passées des voix qui s'étaient tues. Elle se pencha sur la nuque du dormeur pour y respirer son parfum et tenter d'y deviner le timbre qui, au jour naissant, nimberait ses premières paroles.

Après s'être lavée et préparée, avec toute la rigueur rituelle qu'elle appliquait à tous les actes essentiels de sa vie, elle vint s'allonger auprès de l'endormi qui se retourna vers elle en soupirant. Elle saisit sa main inerte et la caressa lentement. Un frisson parcourut le corps relâché. Elle eut l'impression fugace qu'il allait se réveiller. Une bouffée d'impatience délicatement triste la surprit. Elle espérait que, l'un des prochains jours, demain peut-être, c'est lui qui saisirait et caresserait sa main offerte. Elle réalisa qu'elle ne devrait pas se trouver à ses côtés pour son réveil. Comment lui expliquer sa présence ? Dans son lit ? Le gardien du manoir lui avait fait promettre de ne pas évoquer sa « fonction » de dormeur.

Mizu s'installa dans une autre chambre. La vue sur le jardin qu'offrait une large baie vitrée la consola un peu de se trouver si proche et encore si séparée. Le pont des pies n'était pas achevé. Elle rêva de pies qui n'arrivaient jamais sur l'autre rive de la Voie Lactée.

—

Elle fut éveillée par les lueurs de l'aube. La cloison de verre donnait plein est et sur un jardin clos de hautes haies de troènes. La chambre du garçon était à l'ouest. Son âme tournée vers la Déesse du Soleil et l'horizon de sa perpétuelle renaissance, elle ferma les yeux et invoqua sa bénédiction.

Le dormeur était-il réveillé ? Après avoir jeté un coup d'œil dans sa chambre et constaté qu'il dormait encore, elle se mit à préparer un petit déjeuner. Dans la cuisine bien fournie elle trouva tout ce qu'elle aimait et, joyeusement, se mit à la tâche. Lorsqu'il n'y eut plus que le café à faire, elle retourna dans la chambre de l'ouest. Il était assis sur le bord du lit face à la baie qui inondait la chambre de la lumière de ce premier matin. Le dos droit ne bougeait pas.

_ Bonjour !

Le corps assis ne réagit pas. Et le silence. Mizu n'osait pas faire le moindre geste.

_ Bonjour ! Vous aimez le café ?

Elle avait haussé la voix et le corps sursauta. La tête se tourna vers l'origine de cette voix inconnue et Mizu lia connaissance avec un regard à la pureté impavide qui lui rappela les portraits funéraires de Fayoum.

_ Bonjour…

La voix hésitante avait un drôle d'accent.

_ Vous aimez le café au petit-déjeuner ? Le silence des yeux ténébreux pétrifiait le temps et l'espace en une sorte d'apesanteur. Le gardien l'avait prévenue : le garçon était simple. Peut-être plus qu'elle ne l'avait imaginé…

_ Oui.

Elle crut percevoir un changement d'expression sur l'impassible visage, l'amorce d'un sourire ?

_ Très bien… ce sera prêt dans 5 minutes. Sur le pas de la porte, elle se retourna : S'il vous plaît, habillez-vous !

Le garçon, la torsion de son buste figée par une minérale inertie, aurait pu passer pour un antique grec poli par les mains passionnées de

Camille Claudel. Mizu dut faire un effort pour émerger de sa sidération et se détacher provisoirement de l'étrange attraction. Cette présence qui tenait de Galatée et d'un cyborg lui donnait l'impression d'être entrée dans un scénario de science-fiction. Légèrement inquiète des prochains jours qui se pressaient soudain en flots d'hypothèses, elle se dépêcha vers la cuisine où elle comptait sur les odeurs des fruits de la terre pour la remettre à flot sur les eaux du réel.

Après avoir profondément respiré le lait et le miel disposés sur la table, elle se concentra sur les effluves chauds du café qui levaient des images de terrasses parisiennes ou athéniennes, de paysages tropicaux et de masses de grains de café tournant dans des grilloirs. L'image d'une masse de grains de café lui rappela la masse de grains de maïs stockés dans un grand bac de bois derrière une ferme landaise dont les propriétaires élevaient des canards. Elle s'y était enterrée jusqu'au cou et elle pouvait encore sentir la tiédeur enrobante et massante du magma de granules dans lequel il lui semblait nager comme dans une tourbe fluide et sèche et dont émanait le fumet insidieusement enivrant des perles jaune soleil porteuses d'un désir de fermentation. Elle se demanda et tenta d'imaginer avec volupté quelles sensations mêlées lui insufflerait un tel bain dans une rivière de grains de café. Ces songeries sensorielles la ramenèrent paisiblement au présent de son corps. Le léger bruit d'adhésion de pieds nus sur le parquet lui fit ouvrir les yeux.

Il marchait vers la table, lentement, le regard fixé sur celui de Mizu.

_ Asseyez-vous.

Mizu se demanda si leurs dialogues se limiteraient à ces formules simples du quotidien. La langue japonaise développe considérablement l'intuition et l'empathie chez ses locuteurs. Mizu se savait capable de saisir l'au-delà et l'en-deça des mots. Cependant, elle avait du mal à déchiffrer cet inconnu dont elle avait cru percevoir l'essence dans la courbe d'un muscle, le dessin d'une paupière, le grain de sa peau ou l'arôme de sa chevelure.

Mais face à sa présence, sa perspicacité semblait échouer, comme la lumière arrêtée par un miroir, comme la vague refluant face au rocher ; la mer sait qu'elle aura raison du rocher après quelques myriades de générations. Mizu savait que son temps était celui des fleurs.

Sur la branche encore aujourd'hui
Mais disparues demain
Les fleurs du prunier

Ryokan

La maison des beaux dormants © I Gallery Editions

Le jeune homme s'assit. Son regard sembla s'animer allant de Mizu à la table, puis dans les différentes directions de la pièce. Mizu, souriant, versa le café dans le bol devant lui puis dans le sien. Se souvenant de l'état confus dans lequel elle s'était réveillée au manoir après la prise de somnifères, elle estima qu'il fallait encore un peu de temps pour que ce garçon retrouvât une parfaite conscience.

La blancheur de sa chemise faisait ressortir le teint mat de sa peau et la noirceur de ses cheveux, de ses sourcils, de ses cils. Ses yeux qu'elle avait crus noirs se révélaient d'un bleu nuit profond parcouru de reflets violets. Ses gestes appliqués et gauches à la fois donnaient l'impression qu'il découvrait chaque objet du monde pour la première fois. Elle sourit en observant que, tout en regardant intensément chaque chose, chaque nourriture dont il se saisissait, il ne manquait pas d'en humer l'odeur.

_ Mon nom est Mizu. Il veut dire eau.

_ Mon nom est Antar. C'est le nom d'un poète guerrier.

Elle se demanda comment mener la conversation.

La voix, grave et lente, transmettait un influx apaisant et, curieusement, semblait venir d'une caverne de vide et de silence. Chaque mot émergeait avec la circonspection d'un fennec hors de sa tanière parmi les sables du désert. Ce renard-ci serait-il de ceux qui hantent les contes japonais ou de ceux qui rêvent de se faire apprivoiser par un Petit Prince ? L'apprivoisement requiert douceur et patience. Éviter les mouvements brusques et apprécier la bonne distance.

_ Vous avez assez mangé ?

_ Oui.

Mizu débarrassa la table et se mit à faire la vaisselle. Le garçon ne bougea pas.

_ À tout à l'heure…

Antar la regarda sans répondre. Rien de son corps ni de son visage ne remua.

La maison des beaux dormants © I Gallery Editions

Quand elle revint de sa toilette, il n'était plus là. Sa chambre aussi était vide mais elle l'aperçut, par la baie vitrée, dans le jardin à pratiquer des exercices gymnastiques. Vêtu d'un short, c'était son dos, une fois de plus, qu'il lui offrait à son insu. Il enchaînait des déplacements lents entrecoupés de mouvements rapides, une chorégraphie guerrière, conjonction d'aïkido et de Pina Bausch. Elle sursauta lorsque, exécutant un demi-tour, son regard croisa le sien.

Mais il n'eut aucune réaction. Mizu, le souffle coupé, sortit par la porte principale, inhalant profondément l'air du matin chargé d'odeurs, et se dirigea à gauche, vers l'orient, pour explorer le jardin et faire le tour de la maison. Elle s'arrêta à l'angle sud-ouest. Un carillon à vent émaillait l'espace de notes cristallines qui s'élevaient en tourbillonnant autour de deux grands arbres enlacés.

On voit parfois des arbres qui s'enlacent, s'embrassent, dont les écorces fusionnent en des baisers insatiables. Contrairement à ces paires de la même espèce ce couple-ci était singulier : il s'agissait de deux essences différentes. L'un, droit comme une flèche, était un épicéa à l'écorce rugueuse aux multiples écailles. L'autre, un charme, à l'écorce lisse donnait aux circonvolutions de son essor des galbes reptiliens. Plus surprenant encore : leurs pieds étaient joints comme s'ils étaient issus d'un même œuf et avaient grandi vers le ciel en jumeaux. Droite colonne tendue vers les nues et sinueuse spire découpant sur le fond de l'azur des silhouettes de guitare. Le charme prenait le temps, dans son ascension, de développer des courbes buissonnières autour du hiératique épicéa. Sa danse, figée par le temps végétal, avait les soyeuses ondulations des chevelures des dames de l'antique cour impériale du Japon. Le raide épicéa, qui semblait étranger aux arabesques de

La maison des beaux dormants © I Gallery Editions

son conjoint, n'en acceptait pas moins les frôlements de ses feuilles luisantes.

Antar dansait toujours avec un guerrier fantôme. Son combat avec un invisible danseur alternait caresses et coups de poing. Ou plutôt, coups de poing et caresses étaient autant chargés d'amour et d'agression les unes que les autres. L'émotion qui accouchait en ces formes gestuelles semblait ignorer à quoi correspondait l'une ou l'autre. Mizu, fascinée par ce pas de deux singulier, n'osait faire un geste, exprimer une parole.

Au défilé des figures du bestiaire taoïste, Mizu sentit revenir la mémoire du Tai-chi qu'elle avait longtemps pratiqué. Veillant au parcours de son souffle, l'union de son corps et de son esprit donna chair à sa danse du *ki*. Son esprit ramifié jusqu'à chaque extrémité de ses nerfs, la porta dans cet espace où un fleuve déroule des flots qui confondent présence et absence.

—

Les parcours de Mizu et de Antar, pour un temps indifférents l'un à l'autre, finirent par se croiser. Sans aucun hiatus, leurs deux bulles fusionnèrent, face à face, leurs poignets se joignirent et entamèrent le ballet que les pratiquants nomment Tui Shou, les « mains collantes ». Sans paroles, leurs corps et leurs esprits firent connaissance. Chacun pouvait saisir, chez l'autre et en soi-même, la rigidité d'une tension ou la flexibilité d'une esquive. Le partage muet de cet exercice concentra l'énergie des deux gymnastes jusqu'à un état où l'esprit, hyper-conscient, est à la fois meneur et mené dans une sorte d'exaltante ivresse.

Le Tui Shou est aussi un exercice de vigilance où chacun, s'il sent une faiblesse dans la posture de l'autre, peut le pousser jusqu'au déséquilibre. Mizu fut la première à présenter une imperfection dans son assiette. Antar accompagna sa poussée instinctive d'un geste automatique qui rattrapa au vol le corps léger de sa partenaire en train de chuter. Ils se retrouvèrent cramponnés l'un à l'autre, couple de valseurs figés par le flash d'un photographe. L'instant d'étrangeté dans lequel ils eurent tous deux le sentiment d'émerger sembla baigné dans la trame veloutée de l'éternité. Leurs corps joints de la tête aux pieds semblaient s'assembler telles les pièces d'un puzzle oublié. Mizu s'était senti mollir ainsi lors de sa première danse avec un homme qu'elle se sentait désirer. Il y avait si longtemps, mais son corps n'avait rien oublié et ne voulait pas rompre le charme.

_ Excusez-moi, Antar, dit-elle pourtant en reculant d'un pas soudain.

Lui restait figé, les bras vides cernant le fantôme de sa présence, son regard sur elle comme s'il la voyait pour la première fois.

Il avait dû pleuvoir pendant la nuit car l'atmosphère tiédie par le soleil regorgeait des parfums fermentés de l'humus. Un air de printemps semblait avoir pris possession du cœur de Mizu. Elle ressentit une légère chaleur au creux de l'estomac, une tiédeur papillonnante cernant un vide où pulsait un minuscule oiseau apeuré.

_ Je vais faire du thé. Vous en voulez ?

_ Euh… Oui. J'ai soif.

Mizu chercha parmi les divers thés, mit de l'eau à chauffer et se décida pour un thé vert, toujours favorable à la tranquillité. Elle posa deux jolies coupes blanches sur la table et jeta un coup d'œil vers le jardin. Antar n'avait pas bougé et la regardait, l'air un peu hébété, les bras ballant, sa peau moite luisant dans le soleil. Elle déposa une pincée de poudre verte dans chacune des coupes et y versa l'eau frémissante. La coupe immaculée accueillit le vert d'intense et délicate transparence.

_ Vous venez ?

Silencieusement, Antar vint s'asseoir avec l'élégante pondération d'un chat. Mizu aimait les chats et ceux-ci venaient souvent vers elle, reconnaissant une cousine éloignée. Souvent on lui avait dit : « Oh ! C'est la première fois qu'il - ou elle - saute sur les genoux d'un inconnu ! ». Mais celui-ci était le plus farouche qu'elle ait croisé. Elle regardait ses mains qu'elle avait senties fermes et franches porter avec tendresse et modération la coupe à sa bouche entr'ouverte. Le regard de Antar était fixé sur elle, plein de l'étonnement d'un enfant découvrant l'existence d'une licorne ou d'un ange. Et elle s'éprouvait ainsi licorne et ange. Elle sentit le sourire qui éclaira son visage se transmettre jusqu'à ses orteils comme si le thé l'avait conduit à chaque particule de son corps. Elle eut envie de danser.

_ Vous aimez danser ?

_ …Pardon ? … Danser ? Que voulez-vous dire ? Était-ce un problème de langue ? De vocabulaire ? Ou bien était-il idiot ? Simple, avait dit le gardien de l'étrange temple du sommeil. Mais cela n'avait pas d'importance.

_ Danser ? Danser c'est comme un enchaînement de tai-chi mais marié avec la musique.

_ Le tai-chi se fait dans le silence, concentré à l'intérieur de son corps. Pour être fort. La musique rend faible.

Ah ! Il pouvait construire une phrase complète. Pas si idiot peut-être…

_ La faiblesse que procure la musique est une autre forme d'énergie. Elle donne une autre force. Je peux vous montrer. C'est comme les « mains collantes ». Mais avec le corps tout entier.

Sans attendre une réponse, elle alla chercher la musique à laquelle elle venait de penser. Un concert live du trio Ghazal, improvisations d'un kâmanche, sorte de violon persan, un sitar et un tabla. Les instruments déroulaient des spirales enivrées qui semblaient ne devoir jamais finir, racontaient les dialogues langoureux et ardents des forces de vie.

Elle s'approcha, se saisit de ses mains, le fit lever et le guida dans un mouvement tournant au gré des mélodies nées du sable et de l'azur, de la

lumière d'étoiles si proches qu'elles dérobent le
sommeil. La musique lente faisait tourner leurs
corps enlacés au bord de plus en plus proche du
précipice tant désiré. Lorsqu'elle se plaqua

contre lui elle sentit sa raideur mâle contre son
ventre femelle. L'oreille contre sa poitrine, elle
écoutait le battement de ce jeune cœur qui
semblait accélérer. Elle eut envie, comme elle le
faisait, enfant avec son père, de monter sur les
pointes de ses pieds – lui laisser toute la
responsabilité de guide.

Il fut surpris puis se prêta au jeu. Elle était légère.
D'abord concentré et prudent, puis un léger
sourire détendit ses traits et son regard. Il
accéléra peu à peu et se mit à tourner de plus en
plus vite. Mizu, emportée par cette bouillante
énergie de l'enfance, se prit à rire. Et, miracle,
Antar se mit à rire. Timidement, d'abord, puis de
plus en plus librement. Il était encore si proche de
l'enfance malgré la gravité qui semblait toujours

le lester. Et son rire surgit plus brillant qu'une source dans le désert. Virevoltant de plus en plus vite, ils finirent par tomber sur le canapé. Leurs rires repartirent de plus belle et couvraient la musique. Elle était sur lui, ses mains posées sur les solides épaules. Leurs rires s'éteignaient par sursauts et une flamme fauve et grave naquit dans leurs regards. Les mains de Mizu glissèrent jusqu'au cou de Antar aux bras inertes. Une main derrière sa nuque, l'autre caressait le front et les cheveux de Antar, ses doigts fins s'enfonçant dans l'épaisse chevelure noire. Il avait fermé les yeux et sa poitrine se soulevait selon la musique qui rythmait son souffle.

Mizu sentait la toujours ferme virilité de son compagnon. Elle glissa lentement plus haut pour venir poser ses lèvres sur la bouche de celui qui semblait encore une fois dormir. Mais ses yeux s'entrouvrirent avant que Mizu ne fermât les siens, leurs deux consciences se nichant dans le berceau des lèvres conjointes, tout au dialogue de leurs bouches muettes. Les bras de Antar se réveillèrent et l'enlacèrent puissamment, une main empaumant sa nuque, l'autre glissant le long de ses reins. Ses mains se glissèrent sous le chemisier explorant de leur douceur celle de son dos, ses épaules, ses flancs, ses petits seins écrasés contre sa poitrine. Elle rompit le contact de leurs bouches et s'assit joignant leurs sexes encore prisonniers de leurs vêtements. De ses doigts fins et flâneurs elle explora le torse animé d'une respiration ample. Elle s'attarda, mutine, sur les petits mamelons drus. Antar, dont les yeux se fermaient et s'ouvraient, était envoûté par ses sensations et la fascination de ce visage qui souriait comme aucun visage qu'il ait connu. Elle recula sur ses genoux tout en retirant lentement le pantalon pour dévoiler la verge tendue qu'elle ceignit de la bague de ses doigts tout en promenant sa langue sur l'intérieur des cuisses. Les doigts de Antar s'enchevêtrèrent aux fins cheveux de Mizu.

—

Ses mains se firent plume et serre, empan et paluche pour caresser le crâne, la nuque, les oreilles et enfin empoigner toute la tête pour la porter jusqu'à ses lèvres et sa langue qui brûlaient de dévorer chaque chapitre de son visage, chaque quartier de sa face.

Ses dents mordillèrent le creux de l'épaule, le cou, le lobe des oreilles et sa langue titilla de sa pointe l'orifice exigu. Elle lui rendit la pareille lorsqu'il se courba sur ses seins dont il pinça et agaça les mamelons dardés, passant de l'un à l'autre et alternant morsures et aspirations. Une de ses mains se glissa entre les cuisses pour aller pétrir les fesses. Ses doigts et son bras s'humectèrent soyeusement de la liqueur qui commençait à sourdre de la fontaine de jade. La bouche de Antar vint y satisfaire une soif qu'il n'avait jamais éprouvée. La soif inépuisable qu'il abreuvait nourrissait la faim de Mizu haletante, dans une tension croissante. Leurs mains, leurs peaux, leurs bouches étendaient à leur corps entier les quartiers réservés où Eros a l'habitude de se nicher.

Avant que Antar la pénètre enfin, Mizu avait joui plusieurs fois. Graduellement retrouvant les sensations de ses printemps et étés qu'elle avait cru devoir abandonner à sa seule mémoire. Reprenant le chemin de la source enivrante qui, exprimant son suc, inondait sa conscience d'un flot vital métamorphosant son corps et son esprit indissolubles en un seul sexe sauvagement despotique. Un tyran qui convulsait sa chair transcendée semblait vouloir la briser comme une vague géante se débonde engloutissant la jungle avant de disparaître. Et cette tempête assouvie la laissait alanguie et palpitante, pareille à une plage tropicale encore mouillée de la marée descendante.

Leurs corps parlaient la même langue qu'ils inventaient au gré de leurs caresses. Le garçon sans mémoire et la femme comblée de souvenirs faisaient fi du passé et du futur pour plonger dans l'éternité du présent qu'ils s'offraient. L'hyper-conscience de l'une et l'ignorance de l'autre les menèrent vers des terres oubliées ou ignorées.

Antar semblait aborder le corps de Mizu avec l'appétence de l'innocence et l'avidité de la connaissance. À la fois découvreur de terres inexplorées et voyageur familier de la carte du tendre. Ses gestes avaient la saveur des premiers matins du monde et l'adresse du serpent.

Au long des heures, des jours, des nuits, ils chantèrent les cantiques qu'ils récoltaient sur leurs peaux gorgées de poésie. Pain et miel ils furent l'un pour l'autre. Antar découvrait de nouveau ce monde où les frontières fondent dans la sueur et les larmes d'extase. Mizu oubliait le monde où le temps déroulait son rouleau compresseur. Ils bénirent de leur union tous les meubles et tous les tapis de la maison. Ils baptisèrent de leurs fruitions toutes les niches de l'écrin vert du jardin.

Jours et nuits confondus s'enfuirent dans le lancinant bercement cérémoniel et intemporel d'une représentation de théâtre Nô. Une incantation pour conjurer le temps trop humain. Pour un temps, un temps seulement… le temps suspendit sa griffe.

Ils eurent peu de conversations sinon celles de leurs peaux. Antar parlait peu et Mizu savait devoir être prudente. Les contes de son enfance devinrent la trame de leurs dialogues. Elle lui conta de nouveau l'histoire de la Tisserande et le Bouvier. Et toutes celles qu'elle avait écoutées lorsqu'elle était enfant ou découvertes plus tard. Ces contes étaient l'occasion de décrire les objets, les plantes, les animaux de son pays, les coutumes, les mots, les sentiments.

Antar, qui savait si peu du monde, découvrit le Japon de Mizu comme une nouvelle étoile apparue soudain au fond de sa nuit. Un rêve tissé de tous les brocarts de soie que décrivait Mizu.

Un conte étoffé des poèmes et des extraits des journaux des dames de la cour impériale qu'elle connaissait par cœur. Elle s'amusa à lui dépeindre les délicatesses de ces dames qui s'offusquaient de la faute de goût d'une consœur ayant combiné une trop pâle nuance de gris de la robe de dessous avec la manche du kimono qui la laissait dépasser au poignet… Elle se divertit à se vêtir des kimonos qu'elle avait apportés pour qu'il apprenne à les éplucher partiellement avec l'intense lenteur qu'il insufflait à ses gestes et dont elle se délectait toujours plus. Et aussi, à le vêtir, lui, d'un kimono ou de le ligoter avec un obi afin de jouer à le torturer de douceur et de caresses.

Antar initia son oreille à la langue japonaise que Mizu utilisait spontanément bien que sachant qu'il ne comprenait rien. Mais cela ne semblait pas le troubler et la musique de la langue l'enchantait à la manière d'un sortilège. Et le charme le plus puissant s'exerçait par les cris de sa jouissance qui allaient de l'attisant velours des soupirs aux feulements rauques d'un jaguar. Il aimait s'endormir, la bouche de Mizu au creux de son épaule lui récitant des poèmes en japonais.

La voix, chuchotante, l'accompagnait vers le gouffre insondable du sommeil sur son souffle tiède et caressant. Et il se réveillait à la musique de Mizu penchée sur lui, souriante promesse d'éternelle aurore.

À de rares occasions, Antar parla de lui. Mizu évitait de lui poser des questions personnelles, inquiétée par les avertissements du gardien du manoir et les quelques réveils brusques qui le dressaient hors d'un sommeil agité.

Un jour, ils étaient assis, épaule nue contre épaule nue, au pied du couple d'arbres dont ils se sentaient les filleuls et que Mizu avait baptisé Philémon et Baucis. Leurs doigts s'enlaçaient, se caressant sans cesse, leurs pulpes agitées d'insatiable insatisfaction.

_ C'est la première fois que je me trouve seul – je veux dire, sans les Gardiens de la Pureté comme ils s'appellent. Dans ma tête, je les nomme les Gardiens de la Certitude.

_ …

_ Comment peut-on être certain ?

Mizu n'osait rien dire. Seuls ses doigts perpétuaient le dialogue de douceur qui semblait libérer la parole rare de Antar.

_ Ces moments avec toi semblent aussi ténus que les nuages. Comme les nuages ils peuvent disparaître.

Mizu n'était pas philosophe et, regardant les nuages qui parsemaient le ciel, elle y chercha des signes. Elle se dit qu'il serait bon d'entretenir la conversation que Antar paraissait en veine d'entamer.

_ Certains disent que tout est illusion… Oh ! Regarde celui-là… il ressemble à un dragon.

Antar ne répondit pas aussitôt. Il avait le don d'écouter le silence, de laisser planer les mots quelques instants avant qu'ils ne surgissent. On aurait dit qu'il les polissait avant de les dire.

_ J'ai déjà vécu quelque chose comme ça...

_ Tu veux dire comme un nuage ?

_ Je veux dire : connaître une femme. Une jeune fille, elle avait mon âge. Nous étions dans un grand immeuble dans cette ville que les Gardiens appelaient Babel. Il n'y avait que des hommes et des garçons comme moi. Une femme venait pour les tâches ménagères, parfois avec sa fille. D'une certaine manière elle m'a apprivoisé.

Et Antar se mit à raconter des morceaux de sa vie. Mizu écouta sans l'interrompre ce flot de paroles qui tissait une étrange histoire, une sorte de conte de fées. Deux jeunes gens égarés dans un monde d'austère et noire rigueur.

_ Pour les Gardiens, la seule réalité c'est celle à laquelle on accède après la mort. Et cette réalité, insaisissable aux vivants, mérite qu'on lui sacrifie la vie d'ici. Ils disent : ici-bas ! Car seule la mort peut élever la vie ! Quelle folie !

—

Soudain, les mots de Antar charriaient une violence qui faisait trembler sa voix. Des vagues d'une ombre étrange la voilaient insidieusement. Mizu posa sa main libre sur la gorge vibrante où palpitait la carotide. Elle songea à la violence qui avait effacé sa mémoire et glissa sa main jusqu'au cœur qui propulsait son sang et agitait le sien. Elle porta ses lèvres jusqu'à son oreille et prononça son nom plusieurs fois jusqu'à un murmure purement soufflé. Le cœur et la carotide s'apaisèrent.

_ Oublions la folie des hommes…

_ Mais elle ne nous oublie pas… finit-il par émettre dans une expiration teintée de gris.

Mizu prit la tête de Antar dans ses mains et posa sur ses lèvres un long baiser voué à les purifier

de cette tentation du gris qui ombrait la bouche jusqu'alors toute de tendresse et de volupté. Cette ombre s'estompa comme la brume sous le soleil mais son empreinte musarda, encore quelques secondes, sur le lent baiser ardent.

La maison des beaux dormants © I Gallery Editions

_ Sais-tu jouer aux échecs ?

Mizu voulait dissiper ce léger nuage d'inquiétude

_ Oui

_ Je vais t'apprendre une variante personnelle !

Ne trouvant pas de jeu dans la maison, elle demanda à Antar de dessiner un échiquier pendant qu'elle fabriquerait des pièces en papier plié, une adaptation en origami. Il eut vite terminé le dessin de l'échiquier. Elle lui montra alors comment réaliser les pions avant de poursuivre avec les pièces maîtresses plus complexes. Pendant la fabrication, elle commença à lui expliquer son interprétation particulière.

_ L'objectif final reste le même : prendre le roi.

Mais avec mes règles, cela dure plus longtemps ! Les pièces se déplacent et prennent de la même façon. Mais chaque prise est sanctionnée. La perte de chaque pièce se paie d'un gage spécial.

_ Un gage ? Qu'est-ce que c'est ?

_ Un gage c'est une pénalité, une sanction sous forme d'une action plus ou moins difficile à exécuter. Dans un jeu, c'est souvent quelque chose d'un peu loufoque… Dans mon jeu, ce n'est pas loufoque, chaque gage est une fantaisie de plaisir, une friandise sensuelle…

Mizu détailla les gages, différents pour chaque pièce, qu'imposait le preneur à son adversaire. Ces explications furent l'occasion de rires au fur et à mesure de l'énumération des *friandises* dont la saveur augmentait avec la valeur de la pièce concernée. Puis ils entamèrent une partie qu'ils ne finirent pas ce jour-là, la dégustation des gages l'interrompant pour de longues minutes d'exquise insouciance.

C'était à qui perd gagne. De fait, ils n'arrivèrent jamais à la fin de cette partie. Pour le temps qui lui était impartie, Mizu s'était fixé une règle inflexible : la légèreté. Cependant l'ombre tapie au fond du regard de Antar paraissait parfois vouloir renaître. Mais Mizu connaissait beaucoup de jeux.

Le dernier matin arriva. Antar dormait encore, un doux sourire parfumait ses traits. Les jours avaient passé à la vitesse d'un torrent au flanc de la montagne, comme les précaires fleurs de cerisier, comme une saison lorsque la nouvelle arrive pour la remplacer et qu'on s'aperçoit, alors, de sa fin. L'automne au Japon est autant célébré que le printemps ; les érables et les gingko en font une culmination de l'été, une parade exubérante de jaune et de rouge, sonnants tambours avant l'arrivée des légions silencieuses de l'hiver. Elle frissonna. Elle se pelotonna contre la chaleur de Antar et accorda sa respiration à son souffle aussi fin que celui d'une cigale.

Dans sa chaleur et dans son souffle elle eut une pensée reconnaissante pour le dieu ou l'esprit tutélaire qui lui avait accordé de retrouver cette joie de l'union à l'automne de sa vie. Elle songea que ce jour de son dernier matin avec Antar était aussi le premier jour de la lune descendante. Elle avait chéri suprêmement de jouir avec lui sous les rayons de la pleine lune le soir précédent.

Elle se demanda si c'était à l'esprit de la lune d'automne qu'elle devait d'avoir éprouvé le plaisir avec la même intensité que dans sa jeunesse. Même intensité mais surtout une profondeur qu'elle n'avait jamais encore ressentie. L'âge et son cortège de pertes, de déclins, avait-il ce pouvoir d'éveiller des paysages inconnus au sein des domaines familiers ? L'impression que le jardin des sensations voyait éclore des fleurs obscures insoupçonnées. Jouissance, fruit tombé soudain de l'arbre à vœux découvert parmi une forêt stérile. Ramassé comme un trésor immérité. Savouré dans des frissons d'Hespéride.

Était-ce un autre esprit, jaloux, qui avait trouvé le fil rouge de leurs vies anciennes et l'avait noué puissamment avec l'angélique cruauté de la fatalité ?

Elle voulait inscrire le souvenir de ces derniers jours au cœur de sa mémoire. Elle revit le premier jour, la découverte de cet inconnu qui révélait en elle une inconnue. De la redécouverte du jeu qui avait permis dans ces journées pleines de la fuite du temps l'intrusion d'une enfance inespérée. Le surgissement de sa jouissance, la source réveillée par l'insatiable innocence de Antar. Elle se promettait de rendre grâces à l'esprit qui l'avait guidée jusqu'ici. Et elle vivrait cette journée comme nulle autre, comme les précédentes, comme si c'était la dernière, comme si c'était la première.

Elle prépara le petit déjeuner en accordant ses mouvements au silence qui régnait dans la maison. Dans le jardin, le vent faisait bruire les feuilles du chêne vert qu'il caressait. Un merle chantait. Des mésanges, aussi. La lumière murmurait la course inexorable du soleil. Rien ne pouvait l'arrêter.

Le dernier soir. Ils firent l'amour pour la dernière fois et Antar ne le savait pas : elle avait éprouvé depuis son éveil qu'il faisait toujours l'amour comme s'il n'avait plus rien à vivre, comme s'il ne devait jamais y avoir de suite. La jouissance de Mizu fut inondée de ses larmes. Dans cette joie l'annonce de leur séparation.

Allongée sur lui, les bras en croix, leurs mains entrelacées en deux prières, sa bouche vint boire à sa bouche soupirante. Elle finit par se détacher de lui et s'assit au bord du lit.

_ Tu veux un thé ?

_ Oui…

Elle se leva, posa un baiser sur sa paupière droite et fila vers la cuisine. Elle mit l'eau à bouillir et alla chercher la boîte de thé qu'elle avait gardée cachée tout ce temps. Elle revint avec deux grandes tasses.

_ Tu le verses de ta bouche ?

Il restait allongé, les yeux fermés, la bouche ouverte. Elle prit une gorgée de sa tasse et s'allongea sur lui. Elle colla ses lèvres aux siennes et laissa couler un filet continu du breuvage qu'il absorbait tout en jouant de sa langue avec les lèvres de Mizu. Elle prit garde de n'en avaler aucune goutte. Chacun respirait le regard de l'autre, les yeux grand ouverts. Mizu sentit le sexe de Antar se lever entre ses cuisses qu'elle joignit. Ses muscles jouèrent avec la verge tendue vers le zénith, fil à plomb renversé vers l'or des étoiles. Les caresses langoureuses eurent raison de cet éperon et les paupières de Antar fléchirent emportant son regard à jamais. Tout le corps de Antar se détendit petit à petit comme s'il cherchait à aspirer, tel un sable mouvant, celui de Mizu. Elle eut l'impression, ombrée de désir, qu'elle pourrait s'y noyer. Mais leurs corps restèrent séparés. De plus en plus éloignés par les minutes qui s'écoulaient.

Il dormait profondément, inerte. Son corps rendu à son rôle de dormant, nature morte.

Elle saisit la tasse destinée à Antar et la but d'un trait, doux, fort et amer. Elle s'allongea le long du corps dormant. Elle prit et serra la main de Antar, ferma les yeux et laissa le sommeil l'envahir.

—

Les jours suivants, Mizu se demanda souvent comment oublier les instants qui suivirent son réveil, le lit vide, la maison vide, son cœur vide. Le jardin, où elle fit quelques pas, déserté d'oiseaux, d'insectes. Un silence gris et stérile enveloppait les frondaisons du vieux chêne vert, les bosquets de bambou et de rhododendrons. Le ciel gris avait englouti le soleil et lui rappelait Paris et, pour la première fois, elle ne s'en réjouit pas.

La cité de la sérénité lui avait paru le seul lieu qui lui convint. Besoin de sortir, de marcher, de contraindre son cerveau à la seule gestion de son corps. Se concentrer sur les sensations de ses pieds, ses jambes, son souffle. Elle eut envie d'aller jusqu'au sanctuaire consacré aux unions humaines au cœur du bois de bambous. Elle accordait peu de valeur aux plaintes et les vœux semblaient avoir perdu toute raison d'être. Un vœu ne se conçoit que pour un objectif concret, une œuvre à réaliser. Pourtant, elle s'y rendit et s'y promena jusqu'à la tombée de la nuit. La lune montante dans un ciel sans nuages enluminait le treillis des hautes tiges cannelées de cette cathédrale d'ombre. Plus loin, elle longea le petit étang où un grand oiseau blanc s'éleva en trompettant, brouillant de rides le reflet de la lune sur l'eau noire. Elle alla s'incliner devant le sanctuaire et lança son obole avant de faire résonner le grelot suspendu. L'écho résonna avec le souvenir du carillon à vent du jardin.

Sur le chemin du retour, elle s'arrêta un instant sur le Togetsukyô (*Pont qui traverse la lune*) pour observer les eaux basses de la rivière qui change plusieurs fois de nom au cours de son périple. Au passage du pont, la rivière, baptisée Hozu en amont, reprend son nom originel, Katsura. Mizu médita la volatilité de l'identité. Ce pont traverse la lune et la rivière change de nom ! Les Japonais pratiquent familièrement ces modifications des noms des personnes tout autant que des objets ou des concepts selon le contexte. Puisque tout est vivant… et se transforme. Rien ne dure, l'identité pas plus que les formes qu'elle revêt. Changer de nom, de sexe aussi aisé que de chemise ! Elle rit au souvenir du Genji travesti, à l'idée de changer de sexe grâce à un costume. Cela suffit parfois…

Elle repensa aux jeux qu'elle avait pratiqués avec ce jeune homme qu'elle ne pourrait jamais revoir. Elle décida de rebaptiser cet ange évanoui. De donner un nouveau vêtement à sa nouvelle forme, inconnaissable. *Hikoboshi* ? Le Bouvier de la légende ? Ou bien *Akiharu* (automne- printemps) ? *Genji*, le Radieux ? Elle laissa son esprit brasser les prénoms tout en observant, à l'aplomb du pont, les tourbillons de l'eau entre les pierres de la rivière qui retrouvait son premier nom.

Quelques mois plus tard, Mizu accompagnait une troupe de musiciens lors d'une croisière musicale dans les mers du Nord. Les contrées de la Reine des Neiges sauraient éteindre le bûcher de ses souvenirs.

La blancheur impassible de la neige étoufferait l'acidité de sa mémoire. L'inhumaine frigidité des glaces s'insinuait à chaque inspiration jusqu'à chaque alvéole de ses poumons.

Les actualités internationales étaient accessibles parmi les chaînes disponibles dans sa cabine. Arrivée en cours de programme, elle ne comprit pas tout de suite ce qu'annonçait le présentateur.

—

La succession d'images ressemblait à l'inventaire d'un Prévert cruel, incongru et barbare. Du feu, de la poussière, du sang et des visages… Un visage. Ce visage… Ces yeux. Sombres de la violence des trous noirs qui broient la matière première des étoiles et des galaxies. Obscure obsidienne aux arêtes tranchantes et terre noire que les volcans offrent à la fécondité de Gaia. Profonds comme le regard de Shiva, le danseur aux grelots de crânes. Ce jeune homme, dont le visage peuplait encore sa mémoire et ses rêves, avait-il vraiment participé à cette horreur ? Sur l'écran, la photo de son passeport ne délivrait aucun sens, ne laissait aucun espoir. L'être dont elle avait désiré le corps ne lui avait pas paru chercher le Néant d'elle ne savait quel Paradis. Comment en était-il arrivé là ?

Ce qui restait un des grands bonheurs de sa vie s'était développé sur des racines ténébreuses. Cette parenté du sang et de l'amour la meurtrissait au cœur même de son être, minant la joie qu'elle tenait pour l'axe de son monde. L'univers entier paraissait contaminé par une lèpre acide.

Elle entrevit de quoi, de qui elle avait été, à son insu, le jouet. Elle se sentit souillée d'avoir prêté une part de sa vie à cette entreprise mortifère. Ce qui avait été pour elle d'abord une sorte de divertissement clandestin, une aventure au parfum de jeunesse, puis qui était devenu un printemps amoureux au cœur de son automne, était manœuvré par des esprits assassins, des inspirateurs de terreur. Une immense pitié pour Antar pénétra tout son être. En dehors des jours et des nuits qu'ils avaient partagés, son destin semblait ne lui avoir offert que l'indifférence cruelle des nébuleuses.

Les jours magiques qu'elle avait vécus revinrent s'insinuer dans sa mémoire tout en portant les grains d'ombre qu'elle n'avait pas voulu laisser germer alors, pressée de savourer les douceurs du présent.

La nuit suivante, un rêve l'emmena dans un vaste et vieil immeuble qui ressemblait à une école américaine. Elle vit Antar et une jeune fille du même âge monter un escalier et déboucher sur un toit. À l'horizon, une ligne de gratte-ciels à contre-jour du soleil couchant où elle reconnut New-York. La jeune fille indiqua du doigt plusieurs directions. Le rêve était sans paroles mais les silhouettes, sans se toucher, disaient que ces corps se connaissaient. Soudain, un homme vêtu de noir apparut derrière eux. Il ressemblait au chauffeur qui l'avait conduite au manoir. Les deux jeunes gens se retournèrent. L'homme agrippa la jeune fille par le bras et la tira brutalement. Mizu se réveilla aussitôt, le cœur serré.

Mizu ne se demanda pas quelle part de véracité elle pouvait accorder à un rêve. Elle savait que les songes nocturnes ne sont pas moins réels et vrais que ceux de la veille. Mizu avait toujours suivi ses intuitions aussi irrationnelles qu'elles puissent paraître. Et ce qui semblait des caprices s'était souvent révélé fécond en joies. Elle fut de plus en plus certaine que ses rêves et ses visions la guideraient vers le monde de Antar.

À la fin d'une nouvelle journée au milieu de paysages d'une sublime froideur, elle se prépara au sommeil avec le désir que ses rêves la conduisent au jardin d'Eden où, sans nul doute, Antar l'attendait. Un jardin qu'elle rebâtirait sur les ruines de celui où ils avaient entrelacé les trames de leurs destins.

La maison avait vieilli. La végétation l'avait envahie. Des coussinets de mousse d'un vert émeraude avaient recouvert le toit que des branches d'arbre avaient perforé. De rose, de jaune, de bleu pâle, d'humbles fleurs des champs parsemaient la terrasse où des planches manquaient. D'immenses toiles d'araignée s'étendaient dans le cadre des fenêtres où les vitres encore en place étaient obscurcies d'une crasse épaisse. La porte, entr'ouverte, laissait voir dans la pénombre trouée de rais de lumière granuleuse les meubles, couverts de toiles qui avaient été blanches, tels des buffles endormis dans la vase du temps. Du dessous d'une de ces masses ternes un serpent glissa calmement vers la porte et dressa sur le seuil sa tête triangulaire, dardant pointilleusement sa langue bifide pour tâter l'air chargé d'odeurs.

Mizu s'éloigna et se dirigea vers le jardin à l'arrière de la maison. Elle progressa dans les herbes hautes, évitant les ronces qui s'agrippaient à ses vêtements, égratignant sa peau.

Le carillon à vent, amputé de trois notes, répétait amèrement les fragments d'un refrain désenchanté. Dans leur danse, le couple de l'épicéa et du charme semblait proche de l'improbable fusion de leurs écorces. Le vieux chêne vert s'était affaissé, les bambous avaient asphyxié les rhododendrons.

À travers les cannes plus épaisses que son cou,

elle distingua la silhouette qu'elle espérait tant revoir.

Il était torse nu, de dos. Sur son omoplate droite, deux kanji étaient tracés à l'encre noire ; un des noms qu'elle avait songé à lui donner. Elle perçut un parfum qui lui parut émaner d'elle. Elle prononça le nom radieux et la silhouette se retourna. L'air grave et serein, il s'approcha. Sur son sein gauche, un autre kanji, du rouge automnal de l'érable, épelait Mizu. Il continuait d'approcher lorsque le réveil la tira de son rêve.

À la fin de la journée, accoudée à la rambarde du pont, elle regardait défiler le rideau blanc de la banquise. Derrière elle, les notes d'un morceau de Bach qu'un violoncelliste répétait accompagnait le lent mouvement glissé de la glace. Soudain, dans un grondement assourdissant, elle vit un pan de la paroi de glace s'effondrer dans la mer. Elle sentit son cœur sombrer.

Le crépuscule teintait le ciel d'un bleu de nuit aux reflets violets : la couleur des yeux de Antar. Le monde des formes avait englouti celle de son amour.

Des larmes glacées glissaient lentement jusqu'à ses lèvres qui esquissaient un sourire précaire dans l'attente de la nuit où scintillait la Voie Lactée.

*« Aujourd'hui présente
et demain dissipée, cette
vie qui est rosée…
Ah, si je trouvais les mots,
témoins durables d'un cœur »*

Dame Ise (875 - 938)

La maison des beaux dormants © I Gallery Editions

La maison des beaux dormants © I Gallery Editions

Remerciements

L'ami Bernard Gast est un ami et quel ami ! Artiste, philosophe et psychanalyste, Bernard fut l'un des premiers lecteurs. Merci l'ami pour la belle œuvre en couverture de ce livre "La maison des beaux dormants"…

Fumiko Kaneko remercie Mutsuko et Michiko Tokushige, Makoto Ôoka, Shu Uemura, Catherine Cadou, Christian Sautter, Chikako et Aska Kaneko

Raphaël Loison remercie Achille Aubry, Annie Deshayes, Ariane Salmet, Jean-Hugues Piettre, Maxime Aubry, Sylvie Octobre

…et, last but not least, Georges Bigot, dont l'œuvre et l'esprit ont contribué à la rencontre qui mena à l'écriture de ce récit.

À PROPOS DE L'AUTEUR

159

Fumi Bigot est le nom d'une équipe franco-japonaise : une artiste japonaise qui réside entre Kyoto et Paris et un touche-à-tout Parisien que la curiosité a mené des plateaux de cinéma aux scènes de théâtre et à... l'écriture.

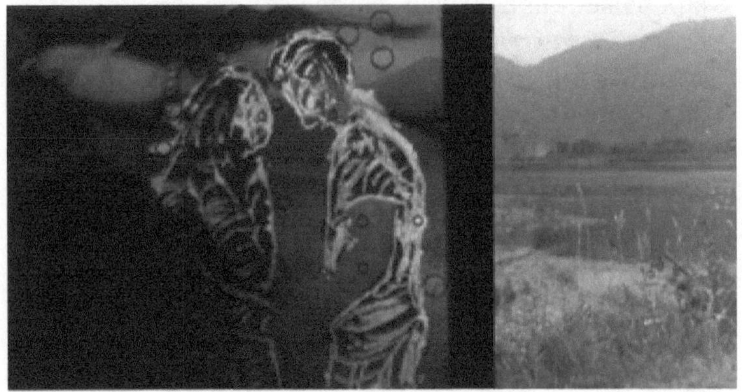

Les lits somptueux (2014) - 1,01 x 2,09 m (*Peinture avec le Cinéma*)
© Bernard Gast & Adagp

Contact : igalleryeditions@free.fr

Copyright © I Gallery Editions 2023

I Gallery Editions 2023

Collection Roman

Chez

Chez

I GALLERY EDITIONS

Roman

Fumi BIGOT – *La maison des beaux dormants*

Bien-être & Cuisine

Bessie COOK – *Mini-recettes pour maigrir*

Essais

Anonyme médiéval – *Le Royaume* (Spiritualité)

Bernard GAST – *L'inhumain ou la guerre en l'Homme* (Philosophie)

Bernard GAST – *The inhuman or war within Man* (Philosophy)

Marc VAUTHIER – *L'industrie de demain et la dépollution des sols* (Science)

Art

Anne MICHALSON – *La Peinture avec le Cinéma de Bernard Gast*

Commandes : igalleryeditions@free.fr

www.ingramcontent.com/pod-product-compliance
Lightning Source LLC
LaVergne TN
LVHW091710190726

843493LV00001B/234